新潮文庫

深夜特急 4

—シルクロード—

沢木耕太郎著

新潮社版

5262

目次

第十章　峠を越える　シルクロードⅠ　7

パキスタンのバスは凄まじかった。猛スピードで突っ走り、対向車と胆試しのチキン・レースを展開する。クレイジー・エクスプレスに乗って「絹の道」をアフガニスタンへ……

第十一章　柘榴と葡萄　シルクロードⅡ　65

ヒッピー宿の客引きをしながら、断食明けのカブールに思わぬ長居をしてしまった。そんな時、日本から届いた一通の手紙が弾みとなって、私は更にテヘランへ向かう……

第十二章　ペルシャの風　シルクロードⅢ　133

イランの古都イスファハンで、「王のモスク」を吹き抜ける蒼味を帯びた風の中に、老いてもなお旅という長いトンネルを抜け切れない自分の姿を見たような気がした……

［対談］終わりなき旅の途上で　今福龍太　沢木耕太郎

あの旅をめぐるエッセイⅣ

深夜特急1　香港・マカオ
第一章　朝の光
第二章　黄金宮殿
第三章　賽の踊り
深夜特急2　マレー半島・シンガポール
第四章　メナムから
第五章　娼婦たちと野郎ども
第六章　海の向こうに
深夜特急3　インド・ネパール
第七章　神の子らの家
第八章　雨が私を眠らせる
第九章　死の匂い
深夜特急5　トルコ・ギリシャ・地中海
第十三章　使者として
第十四章　客人志願
第十五章　絹と酒
深夜特急6　南ヨーロッパ・ロンドン
第十六章　ローマの休日
第十七章　果ての岬
第十八章　飛光よ、飛光よ

深夜特急 4

―シルクロード―

第十章　峠を越える

シルクロードⅠ

0
100
200km
アフガニスタン
カブール
カイバル峠
ペシャワール
イスラマバード
ラワール・ピンディー
カラコルム山脈
ヒマラヤ山脈
カシミール
カンダハル
クエタ
ラホール
アムリトサル
パキスタン
インダス河
パンジャブ地方
インド
デリー

1

土の温《ぬく》もりが伝わってくる。相変わらず暑かったが、広場をつたってくる風に微《かす》かな秋の気配を感じられないこともない。これから向かおうとしている絹の道には、秋が待っているのかもしれない。私は、アムリトサル行きのバスのターミナルで、多くのインド人に混じって野宿しながら、これまで通ってきた国から、これから通るだろう国々に思いをはせた。

しかし、それにしても、今こうしてデリーを出発してロンドンへ向かうことができるということが、とても不思議なことのように思えてくる。哀れ俺《おれ》はこのインドで土となる運命なのだろうか、などと考えたことが嘘《うそ》のように元気になった。それも、すべてあのＹＭＣＡの年配のボーイのおかげといえる。彼がくれた緑の丸薬が、信じられないほど効いたのだ。

あの日、彼がくれた緑の丸薬を飲んで、私は眠りに眠りつづけたらしい。何時間寝たか、いや何日寝たかわからないまま、空腹で眼《め》が覚めた。便所に立つとふらりとしたが、熱と汗をだし切ったせいか体が軽くなっている。

私はしばらくベッドの上で横になっていたが、どうやら体が楽になっているのは本当のようなので、食事をするため外に出てみることにした。気がついて調べてみたが、パスポート入れからもザックからも何ひとつ無くなっているものはなかった。あのボーイは盗むために部屋に入ってきたのではなかったのだ。外の食堂でカレーを食べて帰ってくると、彼がまた同じ丸薬を持ってきてくれた。依然としてどんな薬かはわからなかったが、今度は安心して飲むことができた。少し多日にチップを渡すと、一度は遠慮する素振りを見せたが、すぐにひったくるようにその金を取り、最大級の敬語を使って出ていった。飲むとまた眠くなってきて、再び長い眠りから眼が覚めると体は一段と楽になっていた。起きて、食事に行き、帰って、彼に薬を貰《もら》い、飲む。それを四回繰り返すと、熱も頭痛も綺麗《きれい》さっぱりと消えた。インドの病気は確かにインドの薬でしか治らないのかもしれない。

治ったあとも私は慎重だった。カジュラホでのこともある。またぶり返すのが怖かった。それに、あれがどのような病気だったのかという不安もあった。単なる風邪だったのか、あるいは疲労がたまっただけなのか。それとも、何かの病気に感染していて、ただ潜伏しているだけなのか。しかしだからといって医者にかかるのはいやだった。私はＹＭＣＡの気持のいい小部屋で一週間ほど様子をみて、体力的にかなり元に戻ったという自信ができてから安宿に移った。

安宿に移ってからも無理はしなかった。ラジ・ガートやジャマー・マスジットをはじめとして、デリーの観光名所はかなり訪れたが、一日のうちにすべて廻《まわ》ってしまうというような乱暴なことはしなかった。

それにも飽きた頃《ころ》、デリーから小旅行を試みた。病気のため寄れなかったアグラにも行ったし、ボンベイにも行った。体の調子は悪くなかった。

ボンベイから帰ってくると、さらに安いニューデリーの駅裏のドミトリーに泊まり、映画を見たり、動物園に行ったりした。

やがて、その駅裏のドミトリーでの生活に慣れてくると、どこへ行くのも、何を見るのも面倒になって来た。

デリーではカルカッタのように熱に浮かされたようにほっつき歩くというようなことはなかった。デリーという町には、カルカッタに似た猥雑《わいざつ》さや混乱がなくもなかったが、どこかにインドの首都としての安定感があった。それが私を熱狂に導かない原因であるようだったが、しかしそれだけに、怠惰に時間を潰《つぶ》すのに適しているようなところもあった。だらだらと日だけが過ぎていく。そんな生活に飽き、ここではないどこかへ行こうと思うのだが、何となく億劫《おっくう》で、つい居つづけてしまう。明日こそはゴアに行こう、カシミールに行こうと決心するのだが、夜が明けるとまたすべてがどうでもよくなっている。

しかし、この日の朝、ドミトリーの隣で寝ているフランス人の若者の虚《うつ》ろな眼を見ているうちに、こうしてはいられないと思ってしまったのだ。ゴアもカシミールもいいが、それよりまずこのインドから脱け出すことが先決だ、と。そして、こうして宿を飛び出し、西へ、パキスタンとの国境に近いアムリトサルへ向かうバスを待つことになったのだ。

夜の便は満員で乗れず、あぶれた四、五十人の客と共に次の朝の便を待って、広場で野宿していた。眼を閉じても、眼が冴《さ》えてなかなか眠れない。だが、無理に眠ろうとは思わなかった。ようやくロンドンに出発できるのだ。少しくらい興奮するのが当然だ。

横になったまま、夜が明けるのを待った。

朝五時、あと三人という際《きわ》どいところで辛《かろ》うじて乗れた。しかし、これが本来の旅の門出だというのに、感慨にふけっている暇もなく、バスが走り出したとたん、私は眠り込んでしまった。

眠りから覚めると、外の景色はすっかり変わっていた。バスはいつの間にかインドの典型的な農村地帯を突っ走っていた。崩れかかった土の家があり、広大な塀《へい》に囲まれた豪壮な家がある。道だか庭だかわからない土の上で母娘が糸車をひいている。荒地の真ん中で男がしゃがんで小便をしている。インドでは男も小便をしゃがんでやる。その姿はいつ見ても男の孤立無援さをよく表わしているようだった。

インドのバス、とりわけ長距離バスを一口で説明すれば、座席のある貨物カーとでもいっておけばいいのかもしれない。乗客は、まるで家財道具一式を抱えて旅行しているのではないか、と思えるほどの荷物を持ってバスに乗る。日本でなら夜逃げと間違えられかねない。トランクひとつの乗客も、横一メートルはあろうかという金属製の凄《すさ》まじい代物《しろもの》で旅をしている。その中には、どこでも寝られるように、マットや着替え、食器のようなものまで入っている。しかし、それも無理はないのだ。少し遠くへ行こうと思うと、すぐに三、四日かかってしまうのだから、寝具や着物、それに食料は持ち運ばざるをえない。もちろん、本物の夜逃げもないことはあるまい。それらの荷物が、山のようにバスの屋根の上に積まれる。カーブで急なハンドルを切ると、グラリと揺れていまにも倒れそうになる。インドのバスはまことに心臓によくなかった。

バスは、途中、何度か止まっては、茶店で休憩をとる。そして、また走る。

前の座席の赤ん坊が、インドの子供にしては珍らしくニコニコ笑いかけてくる。さほど豊かそうではない夫婦者に抱かれ、こちらに顔だけ向けている。私が笑い返すと、また愛想よく笑う。しばらくすると、その子が私の方へ来たがってむずかり出した。夫婦が困ったように笑うので、よしこっちへ来い、と抱き取った。

その瞬間、赤ん坊の肌《はだ》から私の肌に、薄い木綿のシャツを通して湿ったものが伝わってきた。汗かなと思って胸を見ると、それは水疱《すいほう》が潰《つぶ》れて出た水分のようだった。どうやらその子は水痘か天然痘かに罹《かか》っているらしい。ギクッとしなかったと言ったら嘘になる。しかし、だからといって、慌《あわ》てて赤ちゃんを自分の胸から引き離し、前の座席の両親に突き返そうという気にはならなかった。もう抱いてしまったのだ。五分や十分急いだからといって、どうなるというものでもない。伝染《うつ》るものなら伝染っていよう。

インドを歩いているうちに、ある種の諦観《ていかん》のようなものができていた。たとえば、その天然痘にしたところで、いくらインド全土で何十万、何百万の人が罹っているといっても、残りの五億人は罹っていないのだ。そうであるなら、インドをただ歩いているにすぎない私が感染したとすれば、それはその病気によほど「縁」があったと思うより仕方がない。ブッダガヤで何日か過ごすうちに、私はそんなふうに考えるようになった。

仏陀《ぶっだ》が悟りを開いたというこの村は、皮肉にも天然痘の最流行地のひとつだった。髪の長かった食堂の少年が、翌日会うと一本の弁髪を残して丸坊主になっている。昨日、妹が死んだからだという。インドでは近親者が死ぬと男はこのように頭を丸めるものらしい。そう知ってあたりを見廻すと、どんなにその頭の多かったことか。少年のいれてくれたチャイを飲みながら、妹さんが死んだ原因を訊《たず》ねると、やはり天然痘だという。日本の厚生省の役人が聞いたら卒倒してしまうかもしれない。妹が天然痘で死んでいるというのに、兄は隔離もされず、しかも客に飲食物を出している。

ブッダガヤでは、身の周りにそんなことがいくつも転がっていた。そのうちに、私にも単なる諦《あきら》めとは違う妙な度胸がついてきた。天然痘ばかりでなく、コレラやペストといった流行《はや》り病《やまい》がいくら猖獗《しょうけつ》を窮《きわ》め、たとえ何十万人が死んだとしても、それ以上の数の人間が生まれてくる。そうやって、何千年もの間インドの人々は暮らしてきたのだ。この土地に足を踏み入れた以上、私にしたところで、その何十万人のうちのひとりにならないとも限らない。だがしかし、その時はその病気に「縁」があったと思うべきなのだ。

私は赤ん坊をあやし、だいぶ機嫌《きげん》がよくなったところで両親に返した。やがて、その子は母親の腕の中で寝入った。褐色の肌を通して熱っぽさがわかる。無意識なのだろう、しきりに首筋をかきむしっている。

途中でこの一家は降りていった。バスの屋根からガラクタの家財道具を下ろしてもらい、それを夫が担《かつ》ぐと、田んぼの畔道《あぜみち》をよろめきながら歩いていった。眼覚めた赤ん坊は、母親の腕の中でいつまでもキャッキャッと嬉《うれ》しそうな声を上げていた。

2

アムリトサルへは日が暮れてから着いた。

バスのターミナルにはリキシャが待ち構えていて、その車引きがホテルの客引きも兼ねていた。私はあまり深く考えもせず、「リキシャ、フリー」と叫んでいた男の車に乗った。そこに泊まればリキシャの代金は無料というのだ。

　連れていかれたのは鉄道駅の近くにあるホテル・マジェスティック。シングルで八ルピー、値段にしてはまあまあの部屋だった。ドミトリーならもう少し安いところもあったのだが、デリーにいる間はほとんど他人と一緒だったので、新しい旅立ちの第一日目の今日ぐらいはひとりで寝てみたいと思ったのだ。

　アムリトサルは、貧乏旅行をしている者にとってはパキスタンへの国境の町として存在しているが、一般的にはシーク教徒の聖地として、その総本山ともいうべき黄金寺院があるところとして知られている。着いた夜はさすがに一日バスに揺られたため疲れていたらしく、近くの食堂で食事を済ますとベッドに入ってしまったが、翌日はゆっくりその黄金寺院を見るつもりだった。ところが、朝になると、一刻も早くインドの国境を越えてしまいたくなった。そうしないと何が起きてデリーに引き戻されてしまうかわからない、と不安になってきてしまったのだ。

　日本で調べた時は、アムリトサルから国境まではバスと徒歩だと聞かされた。しかし、実際にアムリトサルに来てみると、国境までは一本のバスで行かれることがわかった。私は始発の時刻を訊《き》き、荷物をまとめてホテルを出た。

　早朝のアムリトサルの町にはもうもうたる土埃《つちぼこり》が舞い、紅《あか》く大きな朝陽《あさひ》はまるで夕陽のように見える。私はその中を歩いてバス・ターミナルに向かった。ザックをゆすり上げながら歩いていると、リキシャがすり寄ってきては、「ヘイ、マスター」と呼びかける。安くするから乗っていきなよ、と言う。しかし私には、俺はこれからロンドンまで行かなくてはならないのだ、そんな贅沢《ぜいたく》はしていられないという気負いがあり、値段も聞かず「ノー」と言ってしまう。

ところが、大した距離ではないと思っていたバス・ターミナルまでが、歩くとかなりあるのだ。しかも、汗だくになって着いてみると、始発はすでに出たあとで、次のバスに乗るために何時間も待たなくてはならなかった。たかが一ルピー程度のリキシャ代をけちしたために、時間を無駄《むだ》にしてしまう。やはり金は使う時に使わないと結局損をすることになる、と思い知った。もっとも、ここで倹約した三十五円が命を救ってくれることだってないとはいえない、と自分の阿呆《あほ》さを慰めるのも忘れなかったが。

国境行きのバスには、いつも満員のインドのバスには珍らしく、客はあまり多く乗っていなかった。

バスは美しい緑のある地帯を快調に走っていたが、途中で不意に止まった。道の真ん中に立ち、必死に手を振り廻している白人の若者がいたのだ。ひょろりと背が高く、小さなアーミー・グリーンのザックを背負っている。

「ボルダー？　ボルダー？」

止まると、大声で怒鳴る。運転手をはじめとして、乗客の全員がポカーンとしてしまう。

「ゴー・ボルダー？」

白人の若者がまた繰り返した。そうか、彼はこのバスがボーダー、つまり国境に行くのかと訊いていたのだ。私は窓から首を出し、俺も行くところなんだ、と大声で答えてやった。

彼は助かったというように頷《うなず》くと、運転手にドアを開けてもらい、バスに乗り込んできた。そして、汗を拭《ぬぐ》いながら私の横の席に坐《すわ》った。

ちょうど、朝食のかわりにリンゴを食べていたところだったので、ひとつ彼にあげるとお返しに乾パンをくれた。しかし私に手渡しながら、アルミー、アルミーと言うのがよくわからなかった。アルミニウムでも入っているのかと馬鹿《ばか》なことを考えたが、もちろんそんなはずはなく、これはアーミー、すなわち陸軍の携帯食だということを言いたかったのだ。

彼の英語が恐ろしくわかりにくいのは、彼が東欧生まれであるためらしかった。ポーランドのワルシャワから来たという。いわば、彼は東から来たヒッピーだったのだ。これは意外だった。

英語圏以外の若者で、英語を上手に話すベスト・スリーは、ドイツ人、オランダ人、スイス人といったところだろうか。逆に下手《へた》な方は、よく目立つという点からいうと、フランス人、イタリア人、そして日本人ということになる。東欧圏の若者も、どちらかといえば後者のグループに属するのだろう。彼が上手な英語を話せないのはむしろ当然といえた。意外なのは、東からこうしたヒッピーがアジアに来ているということだった。私の持っている貧しい知識の東欧に、そのような自由があるとは思いもよらないことだったからだ。

「どういうルートで来たんだい？」

「鉄道でワルシャワからモスクワを経由してテヘランに出てきたんだ」

なるほど、彼らにはそういう方法があったのだ。脳裏に世界地図を浮かべてみれば、確かにソ連とイランは鉄道で繋《つな》がっている。私たちには、いくら地図を見ていても、ソ連からアジアに真下に下りてくるというような発想は出てこないが、東の住人である彼らにとってはむしろそれ以外には考えられないくらい当たり前のルートなのだろう。しかも、それで十三ドルしかかからないという。東欧の若者はソ連の鉄道を割安で利用できるからだという。

「テヘランから、アフガニスタン、パキスタンを抜けてインドにやって来た。でも、もう帰らなくてはいけないんだ」

学校に戻って、化学の勉強をするのだという。聞けば、彼のようなヒッピー・タイプの貧乏旅行者は、東欧からも、少なくともポーランドからはかなりの数に上るはずだという。

「それにしてもインドはひどい国だった。そう思わないか。まったくヒデェー、ヒデェー」

彼は盛んに、テリブル、テリブルを連発させた。

「バクシーシ、バクシーシ。あっちへ行けといってもバクシーシ、バクシーシ。一ルピーやってもまだバクシーシ。臭くて、汚くて、テリブル、テリブル！」

バクシーシという時、いかにもうんざりしたというように口を歪《ゆが》めた。

彼はインドの物乞《ものご》いたちに対する慈悲心に欠けていた。もし、テリブル以外にも悪《あ》しざまに罵《ののし》る言葉を知っていたら、そのすべてを発したいようだった。

これも意外なことだった。いや、ヒッピーもまた東からやって来るということ以上に驚きだった。社会主義国から来た若者の、インドの貧困や不潔さへのこのようなあからさまな嫌悪《けんお》の表白は、これまで会ってきたどの資本主義国の若者からもされたことのないものだったからだ。イギリス人はもとより、アメリカ人もドイツ人もオランダ人も、インドの物乞いをこのように激しく罵倒《ばとう》することはなかった。多くは黙っているか、語る時もいくらかの口ごもりがあった。

彼らの口ごもりが、インドの貧困に深いところで自分たちも無縁ではないから、というような歴史的な罪悪感によるものだとは思えなかった。長く旅を続けているうちにすべてのことが曖昧《あいまい》になってきてしまうのだ。黒か白か、善か悪かがわからなくなってくる。何かはっきりしたことを言える自信がなくなってくる。なぜ物乞いを否定できるのか、なぜ不潔であることが悪いのか、わからなくなってくる。憎悪や嫌悪すら希薄になってくる。だから、たとえインドの貧困について話していても、無限の「しかし……」が連ねられることになるのだ。その意味では、東のヒッピーの、このいっそ純真といっていいくらいの嫌悪の表白は、むしろその健康さの表われなのかもしれなかった。だが、東の若者たちにもいつか「しかし……」と口ごもる時代がこないとも限らない。

二時間ほどでバスは国境に到着した。

ポーランドの若者は、国境の前で屯《たむろ》している何人かに同じポーランドからの仲間を見つけ、彼らと話しはじめたので、私はひとりで先に国境を越えることにした。

門をくぐると、インド側の国境事務所があり、そこで出国の審査を受ける。係官の前で、ザラ紙の大きな用紙に、名前、国籍、生年月日、職業、入国日、所持金などを書き入れるのだ。

私の前にはすでに二人連れの女性がいた。国籍の欄を覗《のぞ》くと、カナダとあった。彼女たちは書き込むのが終ると、用紙を退屈そうに坐っている係官に提出した。それを受け取る時、鼻の下に髭《ひげ》をはやした係官は何気ない調子で、

「ちょっと、そのペンを貸してくれないか」

と言った。ひとりが正直に渡すと、いくつかの決まりきった質問をしたあとで、係官は二人に通ってもよいと言った。だが、彼女たちはもじもじしている。係官がペンを返してくれないからだ。彼女たちはあまり旅慣れていない様子だった。しばらくして、ひとりが意を決したように言った。

「そのペンは、私のなんだけど」

係官はやっと気がついたふりをして、自分の手元を見て、肩をすくめた。そして、言った。

「プレゼントしてくれないか」

「ノー！」

カナダ娘が固い声で拒絶する。係官は何と応対するかと興味をもって見ていると、別に執着するふうもなく、そうかいと呟《つぶや》いて持主に返した。

私の番になった。

用紙を差し出すと、係官は私の手の中のボールペンをひょいと抜き取り、用紙に何やら書き込みはじめた。しばらくして、私も何も言わず、ひょいと彼の手からボールペンを抜き取った。

「まだ終っていない」

顔を上げ、係官が抗議するように言った。

「自分のを使ってくれ」

私が突っぱねると、さっきのカナダの女性たちに言ったのと同じ台詞《せりふ》を繰り返した。

「それを私にくれないか」

「いや、これは俺《おれ》にも必要なんだ」

そう言うと、係官は少し残念そうな表情を浮かべたが、すぐに内ポケットから自分のペンを取り出して使いはじめた。私が笑うと、彼もにやりとした。

あまり面白いので、係官から通ってよしと言われたあとも、その場にうろうろして彼の応対を見物した。すると、来る人、来る人、あらゆる人にまったく同じことをする。

そのペンをくれないか。駄目だ。そうか。

実に素直なのだ。しかし、誰が来ても、一度は言ってみないと気がすまないらしかった。一日、いったいそこを何人が通過するのかしらないが、そのすべてにペンをくれと言いつづけているようなのだ。まるでそれこそが本当の仕事だとでもいうように。

案内板の指示に従って、そこから少し進んでいくと、今度は税関の窓口に出る。ザックの中を調べられ、それでようやくインド側の出国審査が終る。

建物を出ると、コンクリートで舗装された細い一本道が、パキスタン側の国境事務所まで続いているのが見える。

私がザックを背負い、いくらか前屈《まえかが》みになりながら歩いていくと、向こうから、やはり同じように汚いザックを背負い、前屈みになって歩いてくる若者がいる。白人であることだけはわかるが、どこの誰だかはわからない。しかし、にもかかわらず一種の親愛感のようなものが湧《わ》いてくる。どこの誰かはわからないが、西からシルクロードを東に下り、まさにいまインドに入ろうとしていることだけは確かなのだ。彼は、これから私が向かおうとしている未知の国々を通過してきたのだ。そう思うと、親愛の情ばかりでなく、畏敬《いけい》の念までが湧いてくる。

しだいに近づいてきた向こうの若者が、ふと眼《め》を上げる。そこに自分と似たような姿の私がいることに気がつくと、微《かす》かに顔の表情が動く。彼にとって私は、東から西へ、それもいささか恐ろしげなところのあるインドを通り抜けてきた、いわばインドからの生還者なのだ。彼の眼にも、親愛と畏敬の念がないまぜになったようなものが、うっすらとだが滲《にじ》んでくる。だからといって立ち止まりなどせず、ただ互いに顔を見合わせ、口元を綻《ほころ》ばせ、擦れ違う瞬間にどちらからともなく声を掛ける。

「グッド・ラック！」

「グッド・ラック！」

そう言ってから、私は口の中で小さく呟く。達者でな、と。

3

パキスタン側の国境からもバスが出ていた。行き先としては、国境の町ともいうべきワガとパキスタン第二の都市であるラホールへの二つがあったが、私は一気にラホールまで行ってしまうことにした。

ラホールは、独立パキスタンの首都たるにふさわしい歴史と規模を持っていたが、インドに近すぎるという理由で選に洩《も》れてしまったという。そう言われれば確かに近い。インド国境からのバスの料金が僅《わず》かに一パキスタン・ルピーにすぎないのだ。私は、すでにインド側の銀行で手元に残ったインド・ルピーをパキスタン・ルピーに両替してあったが、その時の換算率によれば、パキスタン・ルピーはインド・ルピーよりいくらか安く、一ルピーが三十円ほどだった。つまり、ラホールはインドからバスで三十円ほどの距離しか離れていないのだ。

国境は越えたものの、人の顔つきがそう変わるわけでもなし、これはただ時計の針を一時間だけ前に戻したにすぎないのかな、などと思っていた。ところが、バスが走り出し、しばらくしてワガの町中を抜けていった時、ああ、ついにインドとは別の国に入ってきたのだ、という感慨が湧いてきた。

道の両側には果物、野菜、豆、米、木の実などを売る露店が盛大に並び、人が群れ、タクシーや馬車がひしめき合い、バスは何度もストップさせられてしまう。この汚く、賑《にぎ》やかな、広場のような道を通りながら、私は不思議な解放感を味わいはじめていた。パキスタンとはなんと豊かな国なのだろう、なんと明るい国なのだろう。食物は道に溢《あふ》れ、物売りの少年は、バスの窓ごしに眺《なが》めている私を陽気にからかう。なんと生き生きした国なのだろう。女たちはチャドルで顔を覆《おお》っている。ヨーロッパから来れば、恐らく不気味と感じたに違いないイスラム教国独特の暗さも、じっとりと湿った重いインドから来てみると、むしろカラリと乾いた心地よさを覚えさせてくれるほどだった。

ラホール行きのバスの中には、私以外に誰も外国人は乗っていないようだった。いままでの経験では、そのような場合、乗客は即座に好奇の眼差《まなざ》しを向けてきたものだが、このバスではまるで関心を示されない。パキスタン人は極めて礼儀正しい国民なのか、それとも好奇心が欠如しているのだろうか……。

だが、そのいずれでもなかった。ワガを過ぎて、途中で二人連れの男が乗ってくると状況は一変した。ひとりがカタコトの英語を喋《しゃべ》れたのだ。私の姿を見かけると、しばらくは黙っていたが、ついに我慢ができなくなったらしく話しかけてきた。すると、無関心を装っていた車中の人々が一斉《いっせい》に注目しはじめた。男はひとこと話しては、得意そうに訳して聞かせる。

「そうか、日本から来たのか！」

「そうだ」

「トウキョウか？」

「そうだ」

「ヨコハマか?」

「いや、トウキョウだ」

「そうか。オーサカか?」

「いや、違う、トウキョウだ」

「そうか。で、どこから来た?」

　知っている日本語をみんな言っているのだった。

　カタコト英語のおじさんはワガの近くの小学校で教師をしている人で、隣でニコニコしているのは奥方の兄上とのことだった。これからラホールまで自転車の部品を買いにいくのだという。

　話しているうちに、どこをどう気に入ったのか、ぜひ我が家に来てくれということになった。買物を済ませたら、自分たちと一緒にワガに戻ろうという。しかし、せっかくいい調子で前に進みはじめたというのに、ここで後戻りするのは気が進まない。ありがたい申し出だが、ラホールで知人に会わなくてはならないから、と私は嘘《うそ》をつかざるをえなかった。

　たどたどしい会話の中で、最も印象的だったのは、東パキスタン、バングラ・デシュに関する彼らの意見だった。

「我々は東を手放して、かえってよかった。あんなお荷物をいつまでも持っていたら、こちらまで共倒れだった」

カタコト英語の先生が嫌悪感を露《あら》わにして言う。これは、もしかしたら、パキスタンにおける一般的な庶民感情なのかもしれなかった。

民族独立という美しい名の下で戦い、ようやく勝利したあとで、バングラ・デシュの人々が手に入れたものは、以前よりひどい飢餓と洪水《こうずい》と疫病《えきびょう》だった。西の搾取《さくしゅ》に抗して起こした革命の、この栄光と悲惨。いや、それは革命などではなく、搾取の主が西から東の民族資本に移行しただけにすぎない、ともいわれるバングラ内部の退廃。

「もともとベンガルは、貧乏人や犯罪人が流れついてできた村がほとんどですからね、ろくな奴《やつ》がいない。どうなっても自業自得《じごうじとく》です」

カタコト英語の先生は、同情のかけらも感じさせない声でそう言うと、思い出したようにまた私を誘いはじめた。

「我が家に来てくださいよ、御馳走《ごちそう》したいのです」

御馳走とは言わなかった。直訳すれば、いろいろなものをあなたに与えることを欲する、と言ったのだ。遠い異邦の人間に対するこの親切と、身近な隣人への冷やりとするような残酷さに、わかっているつもりの私もやはり戸惑わざるをえなかった。

似たようなことはインドでも経験していた。カルカッタに着いたばかりの頃《ころ》、地下鉄工事の起工式に紛れ込んでしまったことがあったが、そこの若い技師も私に菓子やコーラをくれながら人夫にはいっさいあげようとしなかった。私がひとりの人夫に菓子を渡そうとすると、余計なことをするなとばかりに叩《たた》き落とされてしまった。

そんなことを思い出していると、カタコト英語の先生は、

「ラホールで友達に会ったら、あとで必ず我が家に来てくださいね」

と言いながら、家までの地図を紙に書き、さらに自分たちの名前を書き添えてくれた。

Muhammad Mehdi B. A.
Muhammad Alimed Ghozdi

やさしいモハメッドか、私はそう呟いてしまってから、口の中にザラリとしたものが残ったのに気がついた。

ラホールへは正午に着いた。

カタコト英語の先生たちと別れ、どこかで簡単な食事でもと考えたが、バス・ターミナルは日曜のせいかごった返している。念のため、西へ向かうバスの乗り場を訊《たず》ねると、ちょうどあそこからラワール・ピンディー行きのバスが出るところだ、と言われた。なるほど、派手に飾り立てられた一台のバスの周りに、大荷物を抱えた旅行客が群がっている。その様子を見ているうちに、デリーでのことが思い出され、こちらまで焦《あせ》ってきてしまった。アムリトサル行きのバスのように、これを逃すと何日間かここに留《とど》まらなくてはならないかもしれない。もし、乗れるものなら、これで一気にラワール・ピンディーまで行ってしまおうか。

思い迷いながらなんとなくそのバスの傍《そば》に立っているうちに、客の荷物をバスの屋根に上げる係の若者になんとなくザックを渡してしまい、気がつくとなんとなく乗ることになっていた。

それにしても、パキスタンのバスは、およそ世界の乗物の中でもこれほど恐ろしいものはない、と思えるほど凄《すさ》まじいものだった。

確かにインドのバスもかなりのものだった。

さほど広くもない道の真ん中を猛スピードでぶっ飛ばす。もちろん、一台で走っているならそれでもいいが、二時間も三時間も対向車が来ないはずがない。当然、向こうからも車がやって来る。そのときインドのバスの運転手はどうするか。何ということか、どうもしないのだ。そのまま道の真ん中を堂々と飛ばしつづける。相手が乗用車や小型のバンぐらいならいい。向こうが道の横によけてくれる。だが、もしそれが大型のトラックだとしたら、これは絶望的なことになる。こちらもぶっ飛ばす、相手もよけようとしない。二台とも道の真ん中を走りつづけ、トラックはみるみる接近してくる。

「ああ！」

と悲鳴を上げそうになる一歩手前でトラックがよける。いや、バスがよけることもある。まるで、アメリカのヘルス・エンジェルスの連中がよくやったというチキン・レースそのままなのだ。逆方向から車を走らせ、どちらが先によけるかで、胆《きも》っ玉を試す。先によけた方が臆病者《おくびょうもの》、つまりチキンというわけだ。インドのバスに乗ってそれをやられるたびに、私はいつも思ったものだった。まったく、ロスアンゼルスの「地獄の天使」諸君も、ヘルス・エンジェルスでございい、チキン・レースでございいと粋《いき》がらないほうがいいであろう。その程度のことは、インドでは五十、六十のオッサンたちが日常的にやっていることなのだから、と。

これでよく事故が起きないものだと感心していたら、南インドでトラックとの衝突事故に巻き込まれたことがあるというヒッピーに出会った。事故の規模はかなり大きく、運転手はもとより、前方に坐っていた乗客の中に多くの怪我人《けがにん》が出た。ところが、彼らはガラスの破片で血まみれだというのに、救急車を呼ぼうとするでもなく、黙々と自分たちで手当てをし、しばらくすると、血まみれの運転手がバスを走らせ、どうにか目的地まで運転しきってしまった、という。彼自身はかすり傷だったが、他の乗客のこの平然とした態度はどことなく不気味だったともいう。

しかしパキスタンのバスは、この壮絶なインドのバスのさらに上をいくものだった。猛スピードで突っ走ることは変わらない。向こうからやって来る車と胆試しのチキン・レースをやることも同じだ。違うのはそのレースの仕方の凄まじさである。

パキスタンのバスはどれも相当くたびれているが、眼の前にある車はすべて追い抜かなければ気がすまないというような勢いで強引に走っていく。車体はガタガタで、乗客は常に機銃掃射を浴びているような具合に体を震わせていなければならない。そんなオンボロのバスが、パキスタンでよく見かけるトヨタやフォルクスワーゲンの乗用車を軽く抜き去ってしまう。だが、相手が乗用車である場合はいい。前にいるのが同じバスだと恐ろしいことになる。

こちらは激しく警笛を鳴らし、対向車線を大きく廻《まわ》り込んで、追い抜こうとする。しかし、相手も負けじと頑張《がんば》る。二台のバスが並行して走っていると、向こうからもバスがやってくる。そのバスも断固としてスピードを緩めない。緩めないという意志を表わすかのようにライトを点滅させる。三台のバスが、猛スピードでチキン・レースを始めてしまうのだ。

インドのように何メートルか手前でどちらかがよけるというようなこともない。三台が三台とも猛スピードのまま突進する。ぶつかる、と何度思ったかしれない。それが不思議とぶつからない。ああ、と眼をつぶり、再び眼を開けると、どうにかなっている。神技《かみわざ》としかいいようがない。三台が三台とも何事もなかったように走っている。

午後一時、ラワール・ピンディー行きのバスがラホールを出発した。

ラワール・ピンディー、土地の人はピンディーとだけ呼ぶが、この町は現在の首都イスラマバードと近接している軍都だ。イスラマバードが人工的に作られた政治都市なのに対し、ピンディーはごたごたした人間臭い町である。昼間イスラマバードに勤めに出ていく人々も、夜にはピンディーに帰ってくる。そういう町だ。

とりわけ、このピンディー行きのバスが凄まじかった。運転手は、何が気に入らないのか、ぶんぶん飛ばす。小さな停車場ではタンガと呼ばれる馬車と接触して大喧嘩《おおげんか》をするし、道に出ればやたらチキン・レースをしかけまくる。冗談ではなく、俺はロンドンの土を踏めないかもしれない、と半ば観念しかかった。

日が暮れ、しだいに闇《やみ》が深くなる。もう夜だというのに、運転手は依然として飛ばしに飛ばす。今度こそ本当に哀れ異国の土となるのだろうか……。

ところが、闇の向こうに、うっすらと光の粒が見えてきた。まるで湖のほとりのように、弧を描いて町の灯《ひ》が見える。隣の人に訊ねると、あれがピンディーだという。このバスと光の粒との間の闇には、湖水ではなくただの荒地が広がっているだけのはずだったが、しかしその時は、これで恐怖から解放されるという安心感も手伝ってか、その闇がとてつもなく美しく幻想的に見えた。

ホッ、と息をついた、まさにその瞬間、激しい衝撃を受けた。

バスの運転手がまた例のレースをやり、前を走るバスに並び、さらに追い抜こうとして、大きく廻り込んだ直後のことである。

ガーンという音と、白い乗用車が路肩に飛び出したのはわかったが、こちらのバスはそのままの勢いで進んでしまう。追い抜いたバスの前に乗用車がいて、それにぶつかったのだろう。しかし、このバス、少しも停《と》まる気配を見せない。狐《きつね》につままれたような気持でいると、一キロくらい走ってから速度をいくらか落とし、運転手が振り

返り、

「どんなもんじゃろ」

といったようなことを言う。すると最後部の座席にいたオッサンが背後を見やり、

「なんだかわからんが、後から車は来るぞな。動いとるんじゃ平気だわな」

てなことを言い返す。動いているのは別の車かもしれないのに、車内の人々はなにか深く頷《うなず》いて、口々に叫ぶ。

「チャロ、チャロ！」

つまり、さあ行こう、行っちまえ、と言っているらしいのだ。私は啞然《あぜん》とし、次に腹の底から笑いたくなってきた。運転手といわず乗客といわず、交通事故に関することのいい加減さはなかなかのものだった。私もつい調子に乗って、チャロ、チャロ、と叫んでみたくなった。


夜のラワール・ピンディーは想像以上に賑やかだった。

繁華な通りに面した食堂では、テーブルと椅子《いす》が路上に並べられ、客はそこに坐って思い思いのものを食べている。テーブルも椅子も粗末なものだったが、裸電球の下でのその光景は、「ピンディーのカフェテラス」とでも呼びたいような魅力的なもの

と、私の眼《め》には映った。

一泊六ルピー、百八十円の宿を見つけ、その周辺をうろついている闇ドル買いに五ドルほど両替してもらい、ある程度のパキスタン・ルピーを懐《ふところ》に入れてから、夕食をとりに出た。

歩いていて、まず最初に鼻をくすぐられたのは、肉の焦《こ》げる匂《にお》いだった。これがカバブというのだろうか、串《くし》に刺された羊肉が火にあぶられている。その前に立って見ているだけで、思わず生唾《なまつば》が湧《わ》いてきてしまう。さらに少し歩くと、今度は臓物を炒《いた》めている店があった。火にかけられた鉄板の上に、血のしたたるような羊の内臓、つまりモツをのせ、二本の鋭利なフライ返しで細かく刻んでいく。そこにタマネギを刻み込み、さらにトマトを潰《つぶ》し入れ、金属製の洗面器をかぶせてグツグツと煮る。しばらくして、そこに塩とトウガラシを加え、最後にジュウジュウと音をさせながら臓物の血をかけてできあがる。これがいかにもおいしそうだった。料理の名を訊《き》くと、「グルダ」というような答が返ってきた。それで四ルピー、百二十円だという。食べてみると、トマトの酸味とモツの味がうまく調和して、実においしいものに仕上がっていた。私は大いに満足したが、考えてみれば、このように血腥《ちなまぐさ》いものを口にするのは本当に久し振りのことだった。

4

パキスタンからアフガニスタンへ陸路で越えていく方法は二通りあった。すなわち、パキスタン中部の町であるクエタからアフガニスタン第二の町であるカンダハルへ抜けていくルートと、ペシャワールからカイバル峠を越えてカブールに入っていくルートの二つだ。第一のルートを採ればインダス文明の象徴的な遺跡であるモヘンジョ・ダロに寄ることができた。しかし私は、南に大廻りしなくてはならない第一のルートを避け、ラワール・ピンディーからの最短距離である第二のルートを採ることにした。前へ前へと進むことに快感のようなものを覚えはじめていたのかもしれない。

ピンディーからタクシラ、タクシラからペシャワールとバスを乗り継いだ。

タクシラは、古代の都市遺跡と、アレキサンダー大王の東方遠征によってもたらされたヘレニズム文化の遺物の出土で知られている小さな町だ。特に何に興味を持ったというわけではなかったが、見られなかったモヘンジョ・ダロやハラッパのかわりのつもりもあって立ち寄った。

幹線道路を少し入ったところに博物館と遺跡があるという。バスを降りて、強い陽《ひ》差《ざ》しの中、田畑の中の一本道をのんびり歩いていく。近くと聞いていたのになかなか着かない。汗は流れてくるし、喉《のど》は渇いてくる。だが、店はおろか人ひとり通っていない。これがあの有名なタクシラだとは信じられないくらい静かなのだ。

畑の向こうに造りかけの家があった。見ると、大工らしい男の姿がある。私はそこまで行き、水を一杯飲ませてくれないだろうか、と手振りで頼んだ。すると大工はすぐに了解してくれ、快く日陰にある瓶《かめ》からコップに水を掬《すく》ってくれた。気化熱のせいか、思いがけず冷たい、おいしい水だった。

道に戻りさらに歩いていくと、背後からやってきたタンガが不意に停まる。

「どこへ行く」

「ミュージアム」

「乗りな」

男はウルドゥー語、私は英語だが、それで充分に通じ合える。だが、私には馬車を借り切るような金はない。そう説明すると、険しい表情になって、金はいらないと言った。

馬にひかれた荷台に乗り、蜂《はち》の羽音までが聞こえてきそうな静かな農道を行く。男は馬のたづなを持ったまま前を向いている。お互いに何も喋《しゃべ》らないが、気持はゆったりと落ち着いている。ザックに寄りかかり、青い空を眺めながら、たとえ博物館がどうであれ、古代都市の遺跡がどのようなものであったとしても、水とタンガのためだけでもタクシラに来た甲斐《かい》があったな、と私は思っていた。

タクシラからペシャワールへ向かう時のバスもかなり荒っぽい運転をしていた。ただ、パキスタンのバスの名誉のために言い添えておけば、これは長距離バスのことであり、町や村を走る普通のバスにはタンガよりゆっくり走るものもないわけではない。

それともうひとつ、私がパキスタンに入った時期が悪かった。まさにイスラム圏は断食月の真っ最中だったのだ。朝の六時から夜の六時まで、イスラム教徒であるパキスタン人のほとんどは、食物はもちろんのこと水も飲んでいないはずだった。特別に気が立っていたとしても不思議ではない。

断食はイスラム暦の第九月の三十日間にわたって行われる。断食月のことをラマダンというが、それは第九月の名称であるという。ラマダンの間は六時から六時までいっさいの食物をとってはならないことになっている。だから、人々は夜の六時が待ち遠しくてならない。今や遅しと待ち構えている。町中では、食堂などに料理を並べて待っている、というくらいなのだ。

では、バスに乗っている場合はどうなのか。

五時頃になると、バスは道端に露店がいくつか並んでいるようなところで一時停車をする。乗客はそこで降りて、菓子やパンのほかに、ブドウ、ザクロ、サトウキビといった水分の多い果物を買い込む。無論、六時になれば即座に食べられるようにである。

皆が買い終ると、バスは再び走り出す。乗客は膝《ひざ》に食料を抱え、時刻が来るのを待つ。ところが、どうしても六時まで我慢できない。あと一時間足らずだというのに、まるで子供のようにその食物が頭から離れなくなってしまうらしいのだ。ほとんど十分おきに「いま何時？」と訊ねている人がいたりする。

六時二十分前。待ち切れなくなったひとりが、紙袋をごそごそやってサトウキビを取り出す。食べるのかな。じっと見ていると、そうではなく、まず隣の人に勧める。

「おひとついかがです」

勧められた方は、時計をちらりと見て、

「まだ少し早いようで」

といったような感じで断る。勧めた方は残念そうに引っ込めると、次の人に差し出す。しかし、前、後、斜め、すべてに断られ、がっかりしたようにしまいこむ。十分前。別のひとりがまたブドウを取り出して「勧メッコ」を始める。しかし、これも皆に拒否されてしまう。

そして、五分前。さらに別の人が、菓子を勧める。ところが今度のオッサンは断らず、

「そうですか、では」

というように手を伸ばす。そのとたん、周囲からも次々と手が伸びてきて、口に入れる。勧めた方も安心して食べはじめる。すると、その様子は一挙に車中に広がり、一、二分もしないうちに乗客のほとんど全員が口を動かし出す。早く食べたいが、だからといって自分から戒律を破るのはどうも、というみんなの心理が手に取るように看て取れる。

いったん食べ出せば、瞬《また》く間に車中は食物の滓《かす》だらけになってしまう。ザクロの種、サトウキビの繊維、ブドウのヘタ。クチャ、クチャ、ペッ、プッという音がそこここから聞こえ、六時を過ぎる頃にはあらかたの食料がなくなってしまう有り様だ。

タクシラからペシャワールまでは約三時間。そう長い時間ではないが、陽はまだ高

く、喉が渇いた場合のことを考えて、一ルピーほどブドウを買ってバスに乗り込んだ。二時間もしないうちに、やはり渇いてきた。隣に坐《すわ》っているおじさんに、食べてもいいか訊いてみた。断食の最中でもあり、皆が我慢しているのに悪いかなと思ったのだ。しかし、おじさんは大きく頷いて、別に構わないと言う。安心して一粒ずつブドウを口に放《ほう》り込んでいると、前の座席にいる老人が見咎《みとが》めた。胡麻塩《ごましお》の山羊鬚《やぎひげ》をたくわえた、眼の鋭い、頬骨《ほおぼね》の高い、パキスタン人の中でも色の黒い方に属する、そんな老人だった。いけない、と手を振る。口に持っていこうとした手を強く抑える。

——いけないんですか？

——いけないぞよ。

——隣のおじさんはいいって言ったんですよ。

——いけないのだ！

これすべて身振り手振りである。隣のおじさんは苦笑して、この旅の人は他国者だから、というようなことを説明するが、老人は頑《がん》として受けつけない。いけないものはいけない、ラマダンだから食べてはいけない、と主張するばかりだ。ついに私は食べるのを諦《あきら》めた。

たとえ他国者だとしても、この国では食べてはならぬという老人の方が正しいような気がしたし、運命共同体のようなクレージー・エクスプレスのバスの中では、ひとりでも戒律を破ればどのような災難がふりかかるかわからない、と考えても不思議はないと思ったからだ。そして、なにより、老人の頑固《がんこ》さが快かったのだ。食べません。私がブドウをしまうと、老人はニコリともせずに前に向き直った。

　色の黒いところからすると、あるいはパキスタンの社会では下層に属するのかもしれない。だが、老人の後姿からは、強固な信仰を持つところからくる高貴さが匂いたっているようだった。と、少なくともその時は思い、ひどく感動してしまった。私の老人を見る眼には、畏《い》敬《けい》の念が宿っていたかもしれない。

　五時が過ぎて、バスは小さな市場でしばらく停まる。乗客はこの間に食料を買い込んだり、夕べの祈りを済ませたりする。私は、前の老人の祈る姿を見てみたかったので、彼が降りるまで待っていた。どのような敬虔《けいけん》な祈りを捧《ささ》げるのだろう……。ところが、老人はおもむろにサンダルを脱ぐと、シートの上に正座をするではないか。奇妙なことをすると見守っていると、西の方、メッカに向かい祈りはじめた。その動作からすると足腰が立たぬというほど弱ってはいそうになかった。普通なら大地の上にひれ伏して祈りを捧げるはずだった。要するに、老人は横着をしたのだ。

先程までの畏敬の念がどこかに消え、しかし急に親愛の情が湧いてきた。祈りが終り、私と視線が合うと、老人は具合の悪そうな笑いを浮かべたが、すぐに強固な信仰の徒という顔に戻ってしまった。私はすっかり楽しくなってきた。

「しっかりやろうぜ、おじいちゃん！」

日本語でそう言って肩を叩《たた》くと、また具合悪そうに少し笑った。

5

ペシャワールでは、レインボー・ホテルという安宿に泊まった。カトマンズで知り合ったフランス人に、ペシャワールに行ったらレインボー・ホテルに泊まるといい、と教えられていたのだ。しかし、一歩中に入ったとたんがっかりしてしまった。そこは典型的なヒッピー宿だった。泊まり客のほとんどが、西から東へ、あるいは東から西へ向かうヒッピーたちだった。

一般にヒッピー宿は、英語が通じるという取り柄《え》はあるものの、サービスが悪いうえに割高なところが少なくなかった。このレインボー・ホテルもその例に洩《も》れず、さほど料金が安いわけでもないのに親父《おやじ》が妙に横柄《おうへい》だった。

できればドミトリーではなく個室がほしい。私がそう申し出ると、ないよ、とぶっきら棒に断られた。ドミトリーがいやならとっとと出ていけ、と言わんばかりなのだ。よほど啖呵《たんか》を切って出ていこうと思ったが、ザックを背負って別のホテルを探して歩くには疲れすぎていた。

ここの食堂ではハンバーグを食べさせるという話を聞いていた。ペシャワールのハンバーグ。それを食べてみたいという思いもあってここに泊まることにしたのだが、食堂にいる客たちの顔を見ているうちに味はほとんど期待できないことがわかってきた。

出されたものは予想通りまずかった。それでもどうにか食べ終え、屋上に涼みに出ると、かなり崩れた感じの五、六人のヒッピーが、ハシシの廻《まわ》し飲みをしながら奇声を発していた。

宿はひどかったが、ペシャワールという町は面白かった。アフガニスタンのビザを取るため、何日かはここに滞在する必要があった。つまらない町だったらどうしようと心配していたが、それは杞憂《きゆう》だった。とにかくバザールが刺激的だったのだ。

ペシャワールのバザールには何でもあった。もうもうたる埃《ほこり》の中に、鍋釜《なべかま》、農耕具、日用雑貨などを商う店が立ち並び、野菜や果物を売る露店がえんえんと続く。ピーマン、ナス、トマト、ダイコン、タマネギ、ジャガイモ……。ブドウ、ミカン、ザクロ、カキ、メロン……。野菜も果物も驚くほど豊富だった。

変わっている商売にオカネ屋があった。バザールの道端に、パキスタン特産の美しい綿布を敷き、その上に円形の鉄板を載せ、オカネをばらまいておく。すると、数分もたたないうちに人垣《ひとがき》ができ、客がやってくる。客が紙幣を取り出して見せると、オカネ屋はチラッと眼をやり、ボソボソと小さい声で何か言う。客は少し抗弁するが、やがてしぶしぶ渡す。そして、鉄板の上のオカネをなにがしか受け取る。とにかく金を金で売り買いしていることは確かなのだが、別に古銭のコレクションのための売買をしているとは思えず、私には何度見てもその仕組みがわからなかった。

しかし、なによりペシャワールのバザールが刺激的だったのは、鉄砲の存在だった。あちこちに鉄砲屋があり、ライフルや短銃を並べて売っている。売っているばかりでなく、そこを行きかう人々の肩にも銃がある。弾帯を体に何重にも巻き付けた男たちが、バザールの商店を見て廻っている。この周辺には日常生活の中にまだ銃器を必要とする地帯があるようなのだ。

ペシャワールのバザールは何日歩いても飽きなかったが、日が暮れると早々に店じまいしてしまうのが夜の長い旅人にとってはいささか退屈なことだった。

ある晩、映画を見にいった。パキスタンに入ってからは初めてのことだった。バザールの中心から、横丁を曲がって少し行ったところに、映画館が二軒ある。私が早い夕食を済ませて出かけると、映画館の前にはすでにかなりの人が屯《たむろ》していた。しかしそれでも夜の回が始まるまでにまだ一時間以上あるという。辺りはもう暗くなっている。明るい街灯をつけるなどという贅沢《ぜいたく》は、パキスタンといえども許されていないらしく、しだいに屯している人々の顔が闇《やみ》の中に溶けていくようになった。漆黒の世界に、彼らが身につけている衣服の白が、ゆらゆらと揺れている。

近くのジュース屋でコーラを飲んだ。店番の若者がいくつかの英単語を知っていたので、時間つぶしにウルドゥー語を習った。ワン、ツー、スリー。エク、ドー、ティン。フォー、ファイブ、シックス。チャル、パンチ、チェ。ヒンドゥー語とよく似ている。

映画はホラー、怪奇物だった。私は安いほうから二番目の席で見たが、それで料金は四十五円ほどだった。映画館の内部はかなり暗く、南京豆《ナンキンまめ》の殻《から》がいたるところに散乱しているのは、インドの映画館とよく似ていた。

しかし、映画の内容は恐ろしくつまらなかった。インド映画の面白さに比べると数段落ちる。怪奇映画とはいえ、ロマン・ポランスキーほどのスマートさはない。かつて日本でオールド・シネマとして見た、「目玉の松ちゃん」の自来也《じらいや》がエイッと印を結ぶとガマが出てくる、あのたどたどしさの倍ほどもたもたした怪物が、やたらと出没するだけの映画だった。ストーリーといえば、賭博《とばく》で金をすってしまった若者が、借金取りから逃げ廻っているうちに、友人と共に化物の棲《す》む洞窟《どうくつ》に紛れ込んでしまい、そこに美女がからんでのドタバタ大追跡が始まるという、わけのわからない代物《しろもの》で、退屈この上もない。

フィルムは白黒だが、ところどころに色がつく。いわゆるパート・カラーというやつだ。日本の古いピンク映画なら、男と女がベッドに倒れ込み、怪しげな行為に及ぶと、不意に間の抜けた音楽と共にカラーになるのが常だったが、セミ・ヌードすら禁じられているパキスタンでは、当然のことながら色のつくのはベッド・シーンではない。舞踊、なのである。ハレムのようなところで女たちが踊り出すとカラーになる。これは、ベッド・シーンを撮るために仕方なくストーリーを入れているピンク映画と同じく、このダンス・シーンを見せるためにストーリーがあるのではないかと思えるほど頻繁《ひんぱん》に出てくる。いや、ストーリーなどそっちのけで、ブガジャンジャーンと音楽が鳴り渡ると、突如、女たちが現われ、踊り狂いはじめる。そして、このシーンが始まると観客ものってきて、場内の空気が熱く揺れはじめるのだ。これはインドでも変わらぬ光景だった。

それにしても、つまらない。パキスタンの映画好きは、わざわざアフガニスタンまで遠出して映画を見る、という嘘《うそ》のような話をインドで聞いたことがあったが、それもありえないことではなかろうという気がしてくるほどつまらなかった。

かなり前までは、パキスタンでもインドの映画を見ることができたが、両国の関係が悪化してからはまったく入ってこなくなった。しかし、だからといって水準の低いパキスタンの映画だけでは我慢できない。そこでパキスタンの映画好きはインド映画を見るためにアフガニスタンに行くようになった、というのだ。

退屈なので、眼《め》はどうしても画面以外のところに行ってしまう。観客はほとんどが男だ。バザールですらあまり女の姿を見かけないくらいだから、当然のことなのだろう。場内には半ズボン姿の警察官が意味もなくうろついている。その時は、カオを利かして映画館に入り、タダで映画を見ているのだろうなどと思ったが、彼らも無意味に入っていたわけではなかったのだ。

あまりのつまらなさに、とうとう我慢できなくなり、途中だが帰ることにした。他の観客の邪魔にならぬよう、腰をかがめて小走りに前を通り過ぎ、外に出た。映画館から出る時、モギリ嬢ならぬモギリ男が何か叫んだようだった。「モウオ帰リデスカ」とでも言っているのだろう。「モウオ帰リニナリタインデス」と日本語で呟《つぶや》きながら、私は暗い夜道を急いだ。
五、六十メートルも行っただろうか、誰かが後から追いすがってくるような気配がしたと思うや、棒のようなもので腰をしたたか殴られた。声を上げる暇もなく、両腕を二人の男に取られた。そしてひとりの男が廻り込んできて、私の眼の前に立ちはだかった。彼らはカーキ色の制服を着た警察官だった。
私は恐怖に襲われた。不意だったこともある。痛かったこともある。だが、本当に恐ろしかったのは、彼らがものも言わず殴りつけ、連行しようとしている理由がまったくわからないことによっていた。いったい俺《おれ》がどうしたというのだ。泥棒《どろぼう》をしたか。人でも殺したか。スパイだとでもいうのか。

「何故《なぜ》なんだ！」

しばらくして、やっと声が出てきた。しかし、彼らは英語が通じないのか、そのまま黙って私を引きずっていこうとする。このまま警察署などに連行されたらどんなことになるかわからない。咄嗟《とっさ》にそう思った私は大声で叫びはじめた。その声に野次馬が大勢集まってきた。

「英語の喋れる人はいませんか」

私は必死に訊《たず》ねた。しかし、それに応《こた》えてくれる人は誰もいない。その間にも警官はじりじりと連行していこうとする。私は絶望的な気分になってきた。異国の暗い夜道で理由もわからないままどこかに連れて行かれようとしている。どうしたらいいのかわからなかった。

と、幸いにも、映画を見る前にコーラを飲んだジュース屋から、ウルドゥー語を習った店番の若者が歩いてくるではないか。私は大声で彼を呼び寄せ、警官たちがどうしてこんなことをしようとしているのか、通訳してくれと頼んだ。

ジュース屋の若者は警官たちと言葉を交わしはじめた。しばらくするうちに事情は飲み込めたらしいが、若者の乏しい英語の語彙《ごい》では私にうまく説明できないようだった。若者は私に説明することを諦《あきら》め、逆に警官に何事かを説明しはじめた。多分、私が日本から来た旅行者だということを伝えてくれたのだろう。警官たちに、おやっ、という表情が現われてきた。

若者が私に向かって英単語を連発しはじめた。

「ピクチャー、クローズ。ピクチャー、クローズ」

私には意味がわからない。首を振ると、今度は盛んに「ボム、ボム」と言い出した。

「ボム……、ボム……、そうか、ボムか！」

私が叫ぶと、若者も大きく頷《うなず》いた。そうか、なるほど、爆弾が理由だったのか。一挙に事態が理解できてきた。私は警官に手を離してもらい、大きく手を上げ、身体検査をしてみろというジェスチャーをした。ひとりが調べたが、胸から吊《つ》るした小さな皮袋からは日本のパスポートしか出てこない。おかしいな、という顔つきになってきた。別のひとりが映画館に走り、しばらくして館内で捜索していたらしい数人と戻ってきた。何もなかったという意味のことが告げられたようだった。ますます、こんなはずではなかったのに、という顔になってきた。

彼らは私を爆弾男と間違えたのだ。映画館の中に時限爆弾を仕掛けたと思ったのだ。最近パキスタンでは反政府のテロが頻発《ひんぱつ》し、とりわけ映画館での爆発事件が多く起きていた。

爆弾犯に間違われる要素はいくつもあった。私は日に焼け色が黒くなっているうえに、インド人かパキスタン人のようにヒョロリとした体形をしている。なによりいけなかったのは、映画の途中で帰ってしまったことだ。しかも早足で。警官に逃げるように見えたとしても不思議ではない。パキスタンの映画館では途中退場はできないことになっているらしかった。

ようやく疑いは解けたようだったので、文句のひとつも言ってやろうと口を開きかけると、中に入ってくれた若者が、やめろ、早く立ち去れ、と手真似《てまね》で合図する。私は不満だったが黙ってそこを離れた。しかし冷静になって考えれば、彼の処置は正しかったと思える。人前でメンツを潰された警官がどんなことをするかは、どこの国でもわかったものではないからだ。

ひとりで宿に戻りながら、もしあの若者がいなかったらどうだったろうと思うと、突然、震えがきた。理不尽なことであったが、怒りより恐ろしさの方が強かった。

それにしても、ペシャワールの市民の忍耐力には敬意を表さねばなるまい。とにかくあの映画を最後まで見つづけるのだから。

「途中で帰っちゃいけないっていう、何か法律でもあるの」

宿に帰って、主人に訊ねると、軽蔑《けいべつ》したような調子で吐き棄《す》てられてしまった。

「そんなものは必要じゃない。映画を見にいって、終りを見ないで帰ってくるような馬鹿《ばか》は、ひとりもいないんだからな」

ごもっともなことではあった。

6

ペシャワールからアフガニスタンの首都カブールへはアフガン・ポスト・バスに乗った。両国にまたがって運行している乗合いバスの会社はパキスタン・ガバメント・バスとアフガン・ポスト・バスの二つがあったが、私は車体が小綺麗《こぎれい》なオレンジ色に塗られているアフガン・ポスト・バスを選んだ。料金は二十三ルピー、約七百円。旧市街の近くにある発着所を朝の十時に出発した。

アフガン・ポスト・バスは、外観だけはすっきりと洒落《しやれ》ていたが、ひとたび動き出すとこれでカブールまで行けるのだろうかと不安になるほどオンボロだった。座席のシートは振動するたびに少しずつずれていき、大きな揺れの瞬間に床に落ちてしまう。だから乗客はシートと一緒に落下しないように常に注意していなくてはならない。

バスは赤い平原を走りつづける。ときおり、土で固めた塀《へい》の中に、何戸かが身を寄せ合うようにして建っている集落を見ることがあった。壁も、屋根も、すべてのものが、この赤茶けた平原の中で、目立つのを恐れるかのように土と同じ色をしていた。

二時間後にシルクロードの難所のひとつとして知られるカイバル峠を越える。やがてパキスタン側の国境事務所に着き、出国の手続きを済ませ、そのすぐ向こうにあるアフガニスタンの事務所で、今度は入国の手続きをする。大して複雑な手続きがあるわけでもないのに、バス一台の乗客の検査を終えるのに二時間もかかってしまう。

アフガニスタンの領土内に入ると、バスは頻繁にストップするようになる。道の真ん中に木でできた簡易な遮断機《しゃだんき》が下りているのだ。そのたびに車掌はなにがしかの金を手に飛び出していく。その横にいる男に通行料のようなものを払うらしいのだ。男は金を確認すると、綱をするすると引っ張り、遮断機を上げる。これがやたらとある。聞くところによれば、この収入は地方の行政府とその土地の部族が折半するという。アフガニスタンにあるのは、国家ではなく部族だ、法律ではなく掟《おきて》だ、という言い方があるが、まさにその遮断機は部族の関所という感じがする代物だった。

バスはジャラランバードで遅い昼食休みをとる。ジャラランバードは並木の緑も美しい涼やかな町だった。私はそこのチャイハナで、同じバスに乗っているひとりの商人と言葉を交わすようになった。彼はインド人だった。乗客の中で私と彼とが、ラマダンの最中にもかかわらず大威張りで食事ができる、ただ二人の人間だったのだ。

彼は旅慣れているようだった。少なくとも、アフガニスタンの領土内を何度か通ったことがあったに違いなかった。私がアフガニスタンのチャイハナでの食事の注文の仕方がわからずまごまごしていると、見かねて助け舟を出してくれたのだ。チャイハナの店員相手に上手なウルドゥー語を話す。いや、彼が話せるのはウルドゥー語ばかりでなかった。ヒンドゥー語やベンガル語は当然としても、英語、ペルシャ語、アラビア語、聞くだけならフランス語もと言う。別に誇っている風もなく、ただ事実を述べるという淡々とした口調なのだ。商人だからね、とも言った。

注文してしばらくすると、私が望んだ通りカバブとヌンとチャイが出てきた。平たく丸いせんべいの親玉のようなパンを、インドではチャパティと呼び、パキスタン以西ではヌンと言う。面白いのはチャイの飲み方だった。

まず三分の一くらいまで砂糖が入ったコップが出てくる。次に紅茶が入った陶器のポットがくる。私は当然このあとに別のコップが出てきて、そこに紅茶を注ぎ砂糖を入れるのだろうと考えた。だが、いつまでたってももうひとつのコップが出てこない。もたもたしている私を見て、商人が砂糖の入ったコップを指さして言った。

「そこに入れるんだよ」

「甘すぎませんか」

「いや、大丈夫」

私は恐る恐る言われた通りにしてみた。気持が悪くなるほど甘いかと思ったが、それほどでもない。よく見ると砂糖の粒子がかなり粗い。だから一度に全部は溶けないのだ。二杯目もさらにその上から注ぐ。すると、また少し溶ける。つまり、アフガニスタンではポット一杯の紅茶を飲むのに、砂糖は一度だけしか入れないというわけだ。しかし、よくできている。最後の一杯になると、さすがにコップの中には砂糖がなくなり、さっぱりした味の紅茶を飲むことができるのだ。

「だからアフガニスタンでは、綺麗に漂白された粒子の細かいものより、一粒一粒が見分けられるような粗いものの方が喜ばれるんだよ」

商人が教えてくれた。

そういえば、このチャイの飲み方も国によってずいぶんと違うものだった。インドではチャイといえばミルク・ティーのことで、紅茶とミルクと砂糖を一度に煮込む。パキスタンではほとんどミルクを使わない。アフガニスタンではポット一杯が一人分であり、砂糖を一度に入れてしまう。そしてその商人が懇切丁寧に説明してくれたところによれば、イランでは紅茶には砂糖を直接入れることはなく、平べったい角砂糖のようなものを浸し、それをかじりながら飲むのだという。

さまざまなことをよく知っている商人に、私はカバブを喰《く》いちぎりながら訊ねた。

「いったい何を売りに行くんですか」

「行くんじゃない、帰るんだ」

彼は印僑《いんきょう》だったのだ。インドからどこかの国へ商売をしに行くのではなく、移住した国からインドの故郷を訪ね、再び生活をしている国へ戻る途中だったのだ。

実に印僑は世界のどこにでもいる。東南アジアでも華僑《かきょう》に負けず眼についた。それがどれほどの勢いのものかは、たとえば繁華街に行き、映画館の看板を見れば一目瞭然《りょうぜん》である。どこの町でも、ハリウッド映画や日本、フランス映画はなくとも、香港・台湾映画と並んでインド映画だけはあった。そして、それらの映画のどちらが多く掛かっているかということで、華僑と印僑の勢力の分布がわかるようにもなっていた。アフガニスタン以西は、恐らくインド映画が香港・台湾映画を圧倒しているに違いなかった。

「これからどこに行くんだね」

商人が私に訊《き》いてきた。

「ロンドンまでバスで行こうかと……」

「そうかね」

あまりアッサリした反応なので、こちらの方が拍子抜けしてしまった。今まで私がそう言うと、驚かれるか呆《あき》れられるかのどちらかだったので、五十歳は超しているはずの彼の無反応が逆にこちらの驚きだった。

「あなたはどこへ帰るんですか」

「アラビアさ」

「アラビアのどこですか」

「君の知らない小さな町さ」

「バスで行くんですか」

「もちろん。それに船も使う」

驚かないのが当然なのだ。確かなことはわからないが、多分ペルシャ湾岸の小さな首長国にでも住んでいるのだろう。船に乗り、イランに渡り、バスでアフガニスタンとパキスタンを通過してインドに行く。しばらく故郷で過ごしたのちに、その逆のことを繰り返して国に帰る。何年に一度のことかは知らないが、ユーラシアの砂漠《さばく》をバスに乗って里帰りするとは、スケールの大きな話だった。

土産としてインドシルクを少し持ち帰ってきたという。しかし、里帰りといえども、彼は商人である。どんな拍子でそれがアラビアの石油成金の身辺を飾らないともかぎらない。「絹の道」はいまだ死なず、ということなのかもしれなかった。

アフガニスタンの風景はこころに沁《し》み入るようだった。とりわけ、ジャララバードからカブールまでの景観は、「絹の道」の中でも有数のものなのではないかと思えるほど美しいものだった。

鋭く切り立った崖《がけ》が、果てしない壁のように続く奇勝。やがてそこを脱すると澄んだ水が流れる谷間の河に遭遇する。さらに上流に向かって進んでいくと、透明な水をたたえた湖がある。東南アジアからインドにかけての泥《どろ》のような水しか見られなかった眼には、動悸《どうき》が激しくなるほどの新鮮さがあった。

駱駝《らくだ》をひき連れた遊牧の民が落日を浴びながらゆったりと砂漠を横切っていく。あるいは砂塵《さじん》にまみれ、薄汚れた灰色になってしまった遊牧民の包《パオ》が、二十近くも砂漠の一カ所に固まって張られ、その間から夕餉《ゆうげ》の支度なのだろう白い煙が幾筋も立ち昇っている。たったひとりで西方のメッカに向かい、一日の最後の祈りを捧《ささ》げている老人の姿もあった。

山を上り、下り、また絶壁を通り過ぎ、ふとバスの後部のガラス窓から今まで走り過ぎてきた辺りを振り返ると、そこには赤く夕陽《ゆうひ》に色づいた山々に囲まれた平原と、その中を微《かす》かに蛇行《だこう》しながらキラキラと光を放って流れている河があり、思わず息を呑《の》んでしまう。その気配に誘われるようにして、他の乗客も後を振り返り、私と同じように息を呑む。まさに暮れようとしている薄紫色の世界の神秘的な美しさに、乗客はみな茫然《ぼうぜん》と眺《なが》めているばかりだ。

夕陽を隠す西の山と、その光を受ける東の山と、それらに囲まれた一台のバス。この広大な砂漠に在るのはただそれだけだった……。

第十一章　柘榴《ざくろ》と葡萄《ぶどう》

シルクロードⅡ

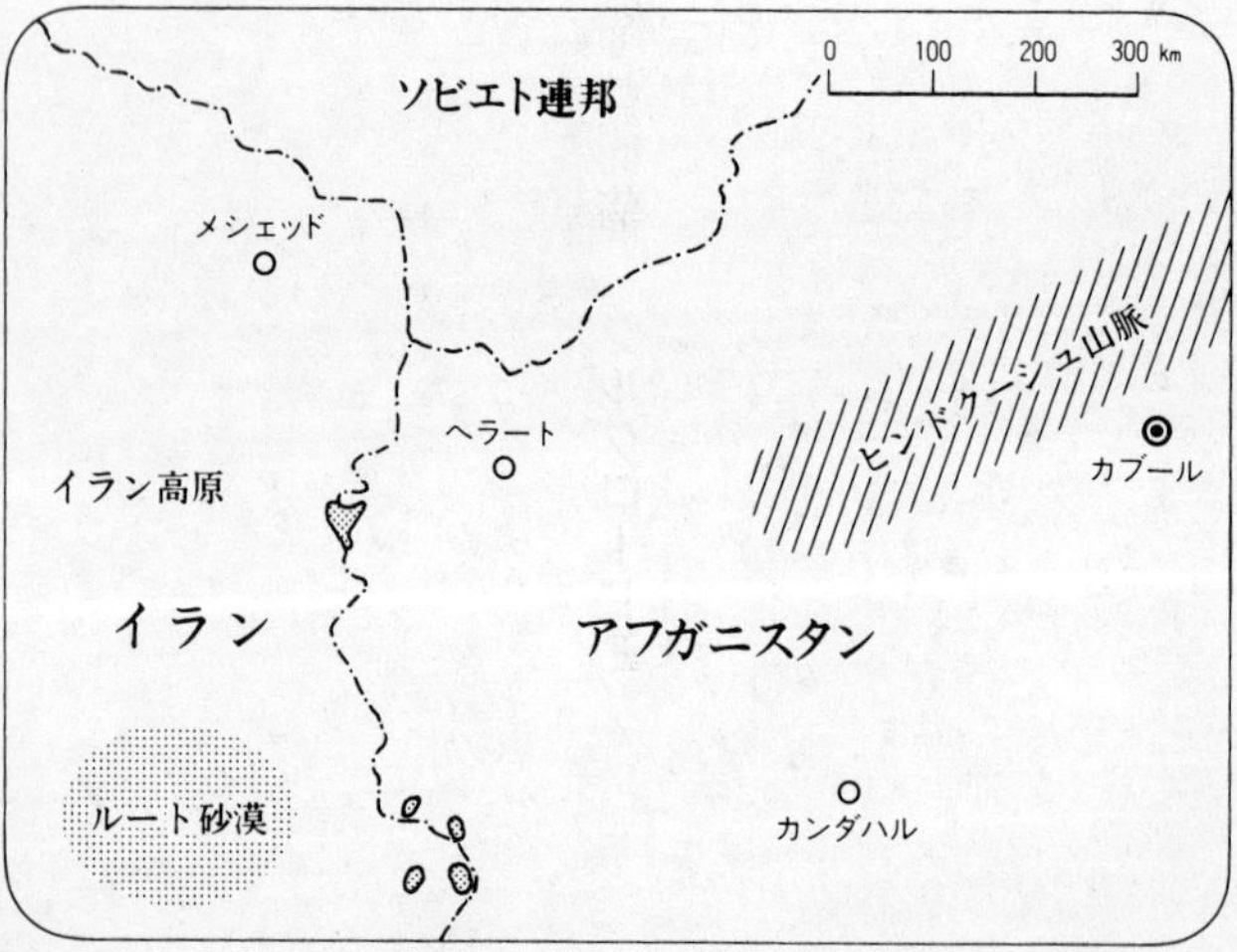

0 100 200 300 km
ソビエト連邦
メシェッド
ヘラート
イラン高原
ヒンドクーシュ山脈
カブール
イラン
アフガニスタン
ルート砂漠
カンダハル

1

カブールに着いた時には、もう日が暮れかかっていた。これからさらにカンダハルに向かって乗り継いでいくというアラビア商人と別れ、いつものように安宿を探しはじめた。何軒か当たってみたが、バスの発着所の近くには手頃《てごろ》な宿がなかった。

カブールは、カトマンズやゴアやマラケシュなどのように「聖地」というほどではなかったが、欧米からのヒッピーたちにとっては、インドとの間にあるオアシスのような意味を持つ町になっていた。ヨーロッパからインドやネパールへ向かう途中、あるいはそこからの帰途、旅人はカブールでしばし長旅の疲れを癒《いや》すことになる。

この町は、カブール河をはさんで北に新市街、南に旧市街と別れていて、ヒッピーのための安宿は新市街に集中しているとのことだったが、私はペシャワールのレインボー・ホテルのようなヒッピー宿に泊まるつもりはなかった。旧市街にはバザールがあるという。バザールのあるところ、きっと安い商人宿があるに違いない。私は自分の勘に従い、日が暮れ、人通りが少なくなったバザールに入っていった。

この季節はあまり雨が降らないのか、バザールの大通りは紙屑《かみくず》と共に土埃《つちぼこり》が舞っている。寂しくなった通りを歩いていくと、道の両側に古い商人宿が何軒かあるのが見えてきた。一軒ずつ値段を訊《き》いて廻っているうちに、いつの間にか空は濃い藍色《あいいろ》に変わり、冴《さ》えた光を放つ星が瞬《また》きはじめていた。昨日までのペシャワールの暑さが嘘《うそ》のように寒くなってきた。薄着をしている体が芯《しん》から冷えてくる。

ようやく四人部屋で二十アフガニ、約百二十円という宿が見つかった。欲を言えばひとりで眠りたかったが、その晩はひとまずそこに泊まることにした。私はよほど寒そうな顔をしていたらしい。部屋代を払うと、ストーブにあたっていたその宿の主人が熱いチャイを一杯振舞ってくれた。

部屋には二人のアフガニスタン人がいて、どちらも遠方からはるばる都に出てきたのではないかと思われるような、みすぼらしい格好をしていた。私も彼らも互いにまったく言葉がわからないので、顔を見合わせてはなんとなく笑い合うというくらいのことしかできない。それでもインドやパキスタンの男たちと比べれば、はるかに親しみやすさが感じられる。しかしいつまでニコニコごっこを続けていても仕方がない。私は食事に出た。

バザールはすでにほとんどの店が閉まり、人影が極端に少なくなっていた。寒々としたバザールをうろつき、ようやく見つけた食堂でカバブとヌンを食べ、私はすぐに宿に戻った。

帰ってベッドにもぐりこんだが、毛布が一枚しかないため、寒くてなかなか眠りにつけない。仕方がないのでザックから寝袋を引っ張り出した。ようやく体が暖まり、うとうとしはじめると、どこかのモスクから朗々たる祈りの声が聞こえてくる。ラウド・スピーカーのせいか、耳元でがなりたてられるように大きく聞こえる。しかも、それは果てしなく続き、いつ終るともしれなかった。まったくカブールの連中はこれでよく眠れるものだ。口の中でブツブツ文句を言っているうちに、いつの間にか私も眠り込んでいたらしい。

翌朝、外に出て、驚いた。一夜明けると、カブールの町も人も、打って変わった晴れやかな表情をしていた。

空は澄んで青く、大気は乾いて冷たく、陽光は眩《まぶ》しいくらいに明るい。雲のかけらもない空には凧《たこ》が浮かんでいる。まるで元日の朝のようではないか。そう思って辺りを見廻してみると、前夜とは比べものにならない人通りで、その誰もが貧しいながら精一杯の晴れ着を身につけている。路上には写真屋と散髪屋が店を出している。どちらも大繁盛だ。少年がバリカンで頭を刈られている傍《そば》では、大の男が緊張した面持《おもも》ちで椅子《いす》に坐《すわ》り、無声映画に出てきそうな大型写真機で記念写真を撮ってもらっている。それを取り巻き、何人もがニコニコしながら眺《なが》めている。道端の露店では盥《たらい》のような容器に入った大豆や隠元豆の煮物が売られている。白玉や寒天のようなものもある。それらを大人も子供も嬉《うれ》しそうに買って食べている。

ここまできて、ようやくすべてが理解できた。日中にみなが平然と買い喰《ぐ》いしているということは、断食が明けたということを意味しているのだ。昨夜の朗唱は断食明けの祈りだったに違いない。ラマダンが終ったので、誰もが晴れやかな顔をしていたのだ。なるほど、そうしてみると今朝は彼らにとっての元旦《がんたん》なのかもしれない。彼らが食べているのもまるでお節《せち》料理のようではないか。

中央の広場では、芝生の上にいくつもの人垣《ひとがき》の輪ができている。そのひとつを覗《のぞ》き込むと、大相撲アフガン場所といった趣の競技をしている。行司が捌《さば》いて二人が組み合う。この組み合うスタイルが、ガップリ四つの相撲風の組み方なのだ。寒いこともあってか裸にはならないが、それ以外は何もかも相撲に似ている。服の上からマワシと同じように紐《ひも》を巻き、それを摑《つか》んで投げを打ち合う。まるく取り囲んだ観衆の輪が土俵のかわりをしているが、押し出しも寄り切りもなく、倒れた方が負けである。

両者右四つにガップリ組んで、上手《うわて》下手《したて》を充分に引き合いました……おおっと、マワシを摑んでの掛け投げ……決まらず、首投げの逆襲……すっぽ抜けて、呼び戻し……危うく残って、今度は大外刈り……。いつの間にか柔道になっている。もちろん、出場者は腕自慢、力自慢の素人《しろうと》なのだろう。回教国のため酒を呑《の》みながらというわけにはいかないが、見物人は果物や木の実をポリポリやりながら楽しそうに観戦している。そんな輪が広場にいくつもできている。

日本の正月の代表的な果物がミカンだとすれば、アフガニスタンではザクロとブドウである。いたるところで新鮮なザクロとブドウが山積みにされ、売られていた。

壮観だったのは、そのザクロにも負けないくらいの数の男たちが、カブール河の長い堤防の上に腰をかけてぼんやりしている様子だった。電線に止まっている雀《すずめ》のように、肩を擦り合わさんばかりにして通行人を眺めている。おしゃべりをしているのもいるが、ほとんどは黙ってただ坐っている。そうやって、男たちは日がな一日ぼんやりと日向《ひなた》ぼっこをしているらしい。すべてがのんびりとしている。まさに、これはアフガン正月だ、と私は思った。

2

二日目からは、バザールの商人宿を出て、アベズ・ホテルという名の宿に移った。大部屋でなく個室に泊まりたかったので、アフガン正月を楽しみながら宿を探した。新市街にも行ってみたが、宿の相場はほぼ決まっていたので、さらに安い宿を求めてカブール河の周辺を歩きつづけた。アベズ・ホテルもそうして訪ねたうちの一軒だった。

入口で値段を訊《たず》ねると、四十アフガニという答が返ってきた。一アフガニは約六円だから、二百四十円ということになる。一日二百円以上は出せなかった。いや、出して出せない額ではなかったが、これから先のことを思いやると、できるだけ切り詰める必要があった。

四十アフガニと言われ、外に出ようとすると、フロントの奥から声を掛けられた。暗くてよくわからないが、若い男の声だった。

「おまえはどこの国の人間だ」

癖はあるが簡潔でわかりやすい英語で訊ねてきた。

「日本人だ」

すると、奥からその若者が姿を現わした。少年のような幼ない顔立の中に、よく動く鋭い眼《め》を持った若者だった。その彼が私を値踏みするように眺め渡したあとで言った。

「どのくらいカブールにいるつもりなんだ」

「一週間くらいかな」

はっきりと決めていたわけではなかったが、私がそう答えると、彼が言った。

「十アフガニで泊めてやる」

一挙に四分の一になってしまった。イスラム圏ではあらゆるものに値があって、しかもない、とはよく聞かされることだ。交渉しだいですべてが変わる。しかし、アベズ・ホテルの四十アフガニは、相場からいっても、決して不当な値段ではなかった。それを四分の一にまで値下げするというのだ。十アフガニは約六十円。そんな値段で個室が得られるとは信じられないくらいだった。

「君の一存でそんなことをして構わないのか」

私が冷やかすような調子で訊ねると、彼は顔を少し斜めにし、馬鹿《ばか》にしたような口調で答えた。

「俺《おれ》がマネージャーだ」

その若さでよくやるじゃないか。そう言おうと思ったが、的確な英語が思い浮かばなかった。

しかし、と彼は言った。条件がある、と。それは当然のことのように思えた。そうでもなければ、六十円で個室に泊まれるはずがない。

「どういうのだ」

「客引きをするんだ」

「客引き？」

夕方、長距離バスが着く頃に発着所へ行き、ヒッピーたちの客引きをすれば、十アフガニで泊めてやってもいい、というのだ。そのもの言いはひどく横柄《おうへい》だった。腹が立ちかけたが、自尊心より一泊六十円の魅力の方が勝った。いや、それより、客引きという意外な申し出が好奇心をくすぐったのかもしれない。はるばるカブールまで来て、安宿の客引きをするという自分に自虐《じぎやく》的な面白さを覚えたのだ。おどけながら、私はアベズ・ホテルの客引きになることを承諾した。

若いマネージャーは自分からカマルだと名乗った。

カマルの話によれば、このホテルはそれまでアフガン人のための商人宿だったという。ところが、それではあまり儲《もう》からなくなり、彼の発案によってヒッピー宿に転向することにした。ペンキを塗り替えたり、ベッドを入れ直したりして改良はしたのだが、なにしろ転向して日が浅いため、ヒッピーたちの間に名前が浸透していない。だからどうしても客引きが必要なのだ。彼はそう言った。

案内された部屋は悪くなかった。簡易ベッドがひとつあるだけの狭い部屋だったが、個室であることにはかわりなく、大部屋暮らしが長かった私には充分すぎるほどだった。

バザールの商人宿から荷物を移したあとで、まだ陽《ひ》は高かったが、昨夜の睡眠不足を解消するために、その部屋でひと眠りすることにした。

部屋の扉《とびら》を強く叩《たた》く音で眼が覚めた。窓からは日暮れどきの足の長い陽が淡く差し込んでいる。扉を開けると、カマルが立っていた。

「早く客引きに行け」

私がぼんやりしていると、カマルがさらに言った。

「バスの到着に遅れてしまうぞ」

私はいくらかムッとした。彼の命令口調に腹が立ったのだ。俺はおまえの使用人ではない、という気持があった。十アフガニとはいえ金を払って泊まっている客だ。疲れ切って眠っているのだから、今日ぐらいいいではないか。もちろん、それがこちらの勝手な言い分だということは頭の片隅《かたすみ》にあるのだが、疲労のためか気分がささくれだっている。

顔を洗い、バスの発着所に向かおうとすると、カマルも一緒についてくる。監視でもしようというのだろうか、といやな気がした。

「君は何をしに行くんだ」

「客引きをするのさ」

カマルはくだらない質問をするなというように口を歪《ゆが》めて言った。

「じゃあ、俺は必要ないだろ」

「いや、俺はヨーロピアンをやる。おまえはジャパニーズだけをやってくれ」

それを聞いて内心ホッとした。客引きをするといっても、欧米の若者に対してどのような言い方で誘ったらいいのかあまり自信がなかったからだ。しかし、そのすぐあとにカマルが発した一言で、私はまた腹を立ててしまった。カマルはこう言ったのだ。

ヨーロピアンは自分が英語で誘えるが、困るのは日本人だ。数の多い上客だが、そのほとんどが英語を上手に喋《しゃべ》れない。だからおまえが日本人を誘ってくれるとありがたいのだ。日本人同士なら相手も信用するだろう。そして、カマルはさらにこう言ったのだ。

「いいだろう、おまえも英語が下手だから」

そんなことは言われるまでもなくよくわかっていたが、だからといって、自分よりはるか年下の若者に小馬鹿にしたような口調で言われて平静な気持でいるわけにはいかなかった。もう客引きなんかしてやるものか、日本人が来たら新市街の他の宿に送り込んでやるぞ。あまりにも子供っぽすぎる怒り方だったが、その時は腹立ちまぎれに本気でそう思っていた。

その日は東西どちらの長距離バスからも日本人は降りてこなかった。カマルが何人かの白人ヒッピーに声を掛けたが、どれも駄目《だめ》だった。

翌日から、私は午後になると発着所のある広場へ行き、コンクリートの上に寝転びながら、バスが着くのをぼんやり待つようになった。ヘラートやペシャワールからのバスが到着する時間帯はおよそ決まっていたから、その頃に行けばよかったのだが、他にすることがあるわけでもなし、そこを往き来する人を眺めているだけでも暇つぶしにはなった。バスが着きそうな時刻になるとカマルも来て、その隣に腰を下ろして待った。

ある日、隣のカマルが話しかけてきた。

「おまえはいくつだ」

「やがて二十七になる」

私は正直に答えた。すると彼は意地悪く言った。

「そんな年をして、まだこんなことをしているのか」

カマルは私に対して独特の嫌悪感《けんおかん》を抱いているらしかった。

「君は何歳なんだ」

「二十一」

「その年でマネージャーとは偉いものだ」

皮肉のつもりでそう言い返すと、カマルが低い声で言い放った。

「俺は昔から働いているんだ」

寝転んだ体を起こし、私に彼の顔を覗《のぞ》き込ませるほど深い響きのあるもの言いだった。

「昔からずっと働いてきた」

「うんと小さい時から？」

「そう、何年も、何年も前からだ」

その時、彼の嫌悪感の根っこにあるものが理解できたように思えた。彼には、無為に旅を続け、無為に日々を送っているかに見える私のような存在が、たまらなく不快だったのだ。そういえば、彼はこんなことも言っていた。

「おまえたちは馬鹿だ。みんな汚くて金がない。何のために旅行しているんだ。楽しむためだろう。それなのに楽しむための金さえ持っていない。馬鹿だ。俺はその馬鹿から金を巻き上げてやるんだ」

おまえは何のために旅行しているんだ、と彼から訊ねられたことがある。だが、私には答えようがなかった。デリーからロンドンまで乗合いバスで行くというのは、カマルの質問の答にはなっていそうになかったからだ。しかし、いずれにしても、彼の私たちに対して抱いている嫌悪感には、正当なところがあるように思えてならなかった。

別のある日、カマルが話の途中で不意に言った。

「おまえは英語をどこで覚えた」

「日本の学校でだ」

「どのくらい習った」

中学から大学までだから約十年になる。私がそう答えると、カマルは弾《はじ》けるように笑い出した。

「それで十年か」

少し緩みかけていた彼への感情が、また元へ引き戻されてしまった。

その翌日、広場に坐っていると、カマルが一枚の紙を手にして横に腰を下ろした。そしていきなり言った。

「書いてくれ」

名刺を作りたいのだという。そこに英語で場所の説明をするつもりだが、書けないのだという。どうやらツーリスト・オフィスの向かい、オポジット・ツーリスト・オフィスと書きたいらしい。確かにアベズ・ホテルは広場の中央にあるツーリスト・オフィスの向かいに位置している。

「O、P、P、O、S、I、T、E」

私はスペルをゆっくり言った。しかしカマルは書き取る気配も見せず、ぼんやりしている。もう一度繰り返し、紙に書き取れと言っても、どうしたらいいかわからないといった表情を浮かべている。彼には英語を喋る能力はあっても書く能力はなかったのだ。私が紙にオポジットと書くと、残りも書けと促す。その時、私はかなり残酷な気分になっていた。

「ツーリスト・オフィスに行って見てこいよ。その方が正確だ」

渋っているカマルを急《せ》きたてて見にいかせたが、彼はすぐに戻ってきて言った。

「どこにもない」

そんなはずはなかった。一緒に行くと入り口の上に大きな看板が掛けられていて、そこにツーリスト・オフィスとあった。

「あそこにあるじゃないか」

私が非難がましく言うと、カマルが呟《つぶや》いた。

「ああ、これがそうなのか」

彼は書けないだけでなく、読むことすらできなかったのだ。読めないだけでなく、どれがアルファベットかの識別すらできなかったのだ。

「これがツーリスト・オフィスという字なのか」

彼はもういちど呟いた。その口調があまりにも素直だったことが、私を滅入った気分にさせた。ヒデエことをしやがる。私は私に向かって罵《ののし》りたくなった。はるか年下のカマルに本気で腹を立て、少しも優しい気持を持てずに意地の悪いことをしている。こんなふうに荒《すさ》んだまま、本当に、どうして旅を続けなければならないのか。

オポジット・ツーリスト・オフィス
　アベズ・ホテル
　マネージャー・カマル

今度はその小さな紙に丁寧に書いてあげると、礼は言わなかったが嬉しそうな表情を浮かべ、カマルは走って帰っていった。

それから一週間ほどして私は風邪をひき、二日も寝込んでしまったが、カマルは別に客引きに行ってこいとは言わなかった。少し具合がよくなってから出かけると、後から来たカマルは、広場の物売りから大きな西瓜《すいか》を買い、ポケットにいつも入れてある鋭利なナイフで半分に割り、食べろと勧めてくれた。

3

カブールは寒い町だった。晩秋、いやもう初冬なのかもしれなかった。

日中は雲もなく風もないのでポカポカしているが、日が暮れると足の裏から寒さが這《は》い上がってくるように感じられる。カブールは、岩山に囲まれた盆地にあるうえ、海抜千八百メートルものところにあるのだから、寒いのは当然なのだろうが、インドやパキスタンの暖かさに慣れた体にはかなりこたえた。

町はカブール河によって南北に分けられていて、南側の旧市街にはバザールと泥《どろ》の家の建て混《こ》んだ文字通りのオールド・シティーがあり、北側の新市街には官公庁、外国公館、ヒッピーのための安宿などがある。

不思議なのは、どうして新市街にヒッピー街ができたかということだ。バザール近辺のもっとごみごみした所でもよさそうなものなのに、やはり西欧のヒッピーにとっては、ある程度の清潔さがなければやっていけないということなのかもしれなかった。

ヒッピー街には、いかにもそうした旅人が喜びそうな皮製品、古美術、民芸品などの店が百軒余りも並んでいる。もちろん、乾燥したアフガニスタンでは快適だが湿気のある日本にもってくると皮の匂《にお》いがきつくて着られないという、あの有名なアフガン・コートを売る店も少なくない。通りには、ヒッピーばかりでなく、多少は金のありそうな外国旅行者が店を冷やかしながらゆったりと歩いている。だが、夏も終り、盛りを過ぎて、街は閑散としている。

ヒッピー街にあるのは土産物ばかりではない。ヒッピーの集まる所、必ずといってよいほどロックとドラッグと西洋食が手に入るようになっている。私もカバブに飽きると、新市街に洋風の食事をとりに行った。百数十円でコースになった定食が食べられるのだ。

けんちん汁に似たスープ
肉は固いがステーキはステーキというステーキ
ニンジン入り焼飯
二種類の菜っ葉のサラダ

何がコースか訳はわからないが、とにかくこの類《たぐ》いの定食を食べさせるレストランが何軒かある。

ある日、客引きを済ませ、新しいレストランを発見すべく新市街を歩いているうちに、日本の若者たちの一隊に出会った。一軒の前でメニューを検討していると、奥から日本の歌が聞こえてきたのだ。奥といっても店の中ではない。その種のレストランはヒッピー用の安宿に付属していることが多かったから、声の主はそこに泊まっている客だろうということはすぐに想像がついた。ギターの伴奏つきで合唱しているのは、昔なつかしい「旅人よ」だった。耳を澄ますと、私は思わず門をくぐり、中庭を抜けて、声のするところまで入っていった。

そこはやはりヒッピー宿だった。母屋《おもや》から少し離れたコッテイジにあるドミトリーを覗き込むと、七、八人の日本人が好き勝手な格好でベッドに坐り、陶酔した表情で歌っていた。やがて歌はカレッジ・ポップス風のものからビートルズのナンバーへと移っていったが、私はそれをなんとなく入口に立ったまま聞いていた。

私がそこに立っているのに気がつくと、ひとりの若者が、入ってこいよ、と手招きした。日本にいる時なら恐らく入っていかなかっただろう。ましてや、その車座に加わり、見も知らぬ連中と一緒に歌をうたうなどということはしなかったと思う。しかし、その時の私は、大した抵抗感も抱かず上がり込み、近くのベッドに坐《すわ》って大声で歌いはじめていた。やはりどこか人恋しかったのだろう。

歌の合い間に話したところによれば、彼らはすべてが同じ仲間というのではなく、ヨーロッパや中近東で知り合った二人連れ、三人連れが、それぞれ西から下ってきて、このカブールのドミトリーの一室で顔を合わせることになった、ということのようだった。

ときおり、隣からパイプが廻《まわ》ってくる。ひとりで吸うハシシと違って、体の隅々にまで柔らかく沁《し》み入ってきて、心が溶けていくように感じられてくる。私は久し振りに酩酊《めいてい》した。

客引き以外にすることのない私は、それから毎日のように新市街のその部屋を訪れた。話しているうちにそこにいる人たちの名前もわかってきた。汚いヒッピーの中では際立《きわだ》ってダンディーな横田さん。ヨーロッパをヒッチ・ハイクで廻り、一日二ドルという安さで上げたという童顔のトシちゃん。いつもくだらないシャレをとばしては「自己嫌悪だなあ」と呟いている裕さん。いつも静かにハシシをパイプに詰めているケンさん。どんな歌でもギターとハーモニカで伴奏してくれる、もしかしたら高名なミュージシャンなのかもしれない原さん……。長旅で崩れ切ったような人物がひとりもいないのがよかった。

行けば必ずハシシになり、歌になる。

原さんの伴奏に合わせて歌っていると、他の部屋に泊まっているフランス人の少年とドイツの船乗りという若者が決まって入ってくる。アメリカやヨーロッパの歌の時は口ずさんだり手で拍子を取ったりしているが、日本の歌になっても黙って聞いている。私たちが歌に飽き、雑談を始めても、じっとそこにいる。こちらは日本語で話しているので退屈しそうなものなのに、私たちが部屋を出るまで一緒にいる。恐らく、自分の部屋でぽつんとひとりでいたくないのだろう。

誰もが寂しいのだ。私にしたところで、その部屋を出て、ひとりでアベズ・ホテルに帰る途中は、夜気の冷たさとあいまってしみじみとした心寂しさを覚えてしまう。街の前後にある丘の斜面には、びっしりと家が建っているが、そこから洩《も》れてくる微《かす》かな灯《あか》りを見ると心を動かされそうになる。ふと、あそこには本物の灯《ひ》があるのだなあ、などと思えてきてしまうのだ。

これから私がヨーロッパへ向かうと知ると、ドイツに一年いたというダンディーの横田さんはこう言ったものだった。

「ヨーロッパの冬は寒いぜ。でもそれは、雨が降るから、雪が降るからという寒さじゃない。宿に帰っても誰もいないという寒さなんだ」

しかし、その寒さはヨーロッパに限ったものではなく、旅人が迎えなくてはならない冬というものに、常について廻るもののようにも思えた。

別の日、いつものように新市街へ行き、例の部屋に入っていくと、もうすでに全員がハシシで酩酊していた。車座に加わり、一緒にパイプを廻し飲みしながら、歌をうたいはじめる。どういうわけか、みんなの口をついて出てくるのは、エルビス・プレスリーだとか、ポール・アンカだとか、ニール・セダカだとかいった、古い歌ばかりである。

昔なつかしい歌に誘われて、ハシシに弱い童顔のトシちゃんは、深く酩酊した勢いを借りて日本にいる恋人に手紙を書き出した。書き終ると大声で朗読してくれる。内容はめちゃくちゃだが、しかし、それはそれなりに意味は伝わってくるのが凄《すご》かった。

「……僕、トンカツ屋が好き。みんなが書けっていうから、君、トンカツ屋が好き？なんだかへんだけど、とってもへんだけど、みんな幸せなんです。へんな手紙だけど、ハシシと歌で、みんな素直です。君、トンカツ屋好き？……」

トシちゃんは、恋人と二人でトンカツ屋を開きたいらしいのだ。しばらく上機嫌で朗読していたが、時間がたつにつれて、さすがにこんな手紙を出してはいけないと思ったのか、書き直そうとすると、自己嫌悪の裕さんが、

「馬鹿《ばか》、これでいい、これがいいのだ」

と言いながら、アエログラムの封をしてしまった。フランスの少年とドイツの船乗りはただニコニコ笑って見ている。だが、何かのはずみに裕さんが日本とスペインにおけるいかがわしげな手つきの違いについて話し出すと、フランスの少年は急に元気になり、指を曲げたり伸ばしたりの大奮闘をしはじめた。イタリアのは……、ドイツのは……、ロシアのは……、いつしか歌は「女の意地」になり、「街のサンドイッチマン」になり、「影を慕いて」になっている。

まぼろしの
影をしたいて　雨に日に
月にやるせぬ　わが想《おも》い

大合唱になってしまう。

その翌日、またそのドミトリーに行くと、裕さんとトシちゃんが明日の朝、インドに向けて出発するという。その次は原さんとケンさん。次々と行ってしまうらしい。

私が帰ろうとすると、裕さんがもう明日は会えないだろうからと別れの挨拶《あいさつ》をしたあとで、ポツリと呟いた。

「ほんとに、ハロー・グッドバイだな」

会って、またすぐ別れる。旅に出てきて以来、何回も繰り返してきたことだったが、気の合った人々と別れるのは、やはり辛《つら》いものだった。

ハロー・グッドバイ、と口の中で呟いてみる。そこには妙にセンチメンタルな甘さがあり、思わず顔を赤らめてしまいそうになるが、同時に何か大事なものが過ぎ去っていってしまうという、若い旅人に共通の深い喪失感が籠《こ》もっていないこともないように思えた。

夜道を歩きながら、マントを深く被《かぶ》り、足早に家路につく人々と擦れ違うたびに、寒さがさらに身に沁みてくるように感じられた。

4

三、四日もいれば充分と考えていたカブールに、思わぬ長居をしてしまった。デリーを発《た》って以来、インドからパキスタン、パキスタンからアフガニスタンへと一気に駆け抜けてきた。その疲れがとれたらすぐにでも出発するつもりだったのが、いつの間にか、一週間、二週間と過ぎていってしまった。

私にとって、カブールがとりわけ居心地のよい町だというわけではなかった。アベズ・ホテルの客引きとしての仕事には慣れたが、退屈なことにそれ以外することがない。パンダがいるという怪しげな噂《うわさ》につられて見にいった動物園も、ガンダーラ文化の精華ともいうべき仏像が豊富に展示されている博物館も、二度も見にいけば充分だった。にもかかわらず、いつまでもぐずぐずとカブールに留《とど》まっていたのは、私に行く手に待ちかまえているだろう冬への恐れがあったからだ。ここに居さえすれば、とりあえず安い宿と食堂がある。町から町へと移動し、寒空の下で安宿を求めてうろつかなくて済む。

要するに私は動くことが億劫《おっくう》になってきてしまったのだ。デリーの安宿で燃え上がった「前へ」という情熱も、カブールの寒さに震え上がっている間に、凍りついてしまったようだった。このまましばらくカブールに居つづけることになるのかもしれないな、と漠然《ばくぜん》と思っていた。ところが、日本から届いた一通の手紙が、私を前に向かわせる弾みをつけてくれた。

手紙はカブールの日本大使館のメール・ボックスの中にあった。長旅を続けているヒッピーたちは、その国の首都に辿《たど》り着くと、自国の大使館に一度は立ち寄る。そこに故国からの便りや、旅先で知り合った誰彼からの手紙が届いていないかどうかを確かめるためだ。いつ頃《ごろ》にはその国のその町に着いているだろうから大使館宛に手紙を出してくれと頼んでおく。すると大使館側も、恐らく仕方なしではあろうが保存しておいてくれ、パスポートの提示によって手渡してくれることになっている。住所不定の長期旅行者にとって、大使館のメール・ボックスは、家族や親しい者と結ぶ唯一《ゆいいつ》の窓となっているのだ。

カブールに届いていた家族からの手紙によれば、東京を出てくる時、浜松町にある中華料理店で二人だけの壮行会を開いてくれた建築家の磯崎新《いそざきあらた》と彫刻家の宮脇《みやわき》愛子の夫妻が、シルクロードの遺跡を見る旅の途中でテヘランに立ち寄ることになったという。もしテヘランにいる間に会うことができたら嬉《うれ》しいのだが、という連絡が家に入り、家族の者がそれを知らせてくれたというわけだった。よく手紙を見ると、夫婦がテヘランにいるのは五日後までだった。

私は慌《あわ》てた。その日までにはどんなことをしてもテヘランに行かねばならないと思った。行けばどこかで御馳走《ごちそう》してくれるかもしれない。いや、おいしい食事にも飢えていたが、それ以上に日本語の会話に飢えていた。言葉が言葉を呼ぶダイナミックな会話の喜びから遠ざかって、もう何週間にもなる。気心の知れた磯崎夫妻とならその飢えが満たされるに違いなかった。

急がなくてはならない。急がないと……やはり御馳走が逃げていってしまう。

朝七時、カブール河の近くにあるバス・ストップまで歩いていく。盆地の冷気の中で身震いしながら、私はバザールの古着屋でセーターを買っておけばよかったと後悔していた。たった十アフガニ、僅《わず》か六十円まけるかどうかで決裂してしまった商談を、未練に思い出したりもしていた。

バスはすぐにカンダハルへ向かって出発した。道はよかった。赤い剝《む》き出しの岩山を縫って、道が一本、砂漠《さばく》を走っている。アフガニスタンは、土地の大部分がただの荒地だ。砂の少ない砂漠にへばりつくように駱《らく》駝草《だそう》が生えている。砂漠以外の部分は、緑のほとんどない岩山である。

もう牛を見かけることはない。駱駝と羊。包《パオ》を張って移動生活を続けている遊牧民に出会うと、そこには必ず巨大な駱駝がいた。駱駝は思っていたより大きく獰猛《どうもう》な印象を受けた。葉のない刺《とげ》ばかりの駱駝草を、左右に大きく口を動かしながら、眼《め》を細めて食べている。

よく見かけたのは、羊を追う男たちだった。少ないのは二、三十頭、多いのになると数百頭からの羊を追っていた。バスが凄《すさ》まじい勢いで走り抜けると、その傍《そば》で草を食《は》んでいた羊たちが、大慌てに慌てて、右に左に走り出してしまう。すると、小さな丘で居眠りしていた少年が、驚いて飛び起きたりする。

磯崎夫妻に会えることを楽しみに、勇を鼓してカブールを出てきたのだが、風邪が治り切っていないためかどこか体がすっきりしない。私はバスに揺られながら、自分が外界に対してほとんど好奇心を失っていることに驚いてもいた。周囲に坐っているアフガン人の好奇の眼がうるさく、ときおり示される親切がわずらわしかった。

私たちのような金を持たない旅人にとって、親切がわずらわしくなるというのは、かなり危険な兆候だった。なぜなら、私たちは行く先々で人の親切を「食って」生きているといってもよいくらいだったからだ。

「食う」という意味は二重である。ひとつは、文字通り人から親切によって与えられる食物や情報が、旅をしていくために、だから異国で生きていくために必須《ひっす》だということ。もうひとつは、人々の親切が旅の目的そのものになっているということ。つまり私たちのようなその日ぐらしの旅人には、いつの間にか名所旧跡などどうでもよくなっている。体力や気力や金力がそこまで廻らなくなっていることもあるが、重要なことは一食にありつくこと、一晩過ごせるところを見つけること、でしかなくなってしまうのだ。しかし、そうではあっても、いやそうだからこそ、人が大事だと思うようになる。旅にとって大事なのは、名所でも旧跡でもなく、その土地で出会う人なのだ、と。そして、まさにその人と人との関《かか》わりの最も甘美な表出の仕方が親切という行為のはずなのだ。

ヒッピーとは、人から親切を貰《もら》って生きていく物乞《ものご》いなのかもしれない。少なくとも、人の親切そのものが旅の全目的にまでなってしまう。それが、人から示される親切を面倒に感じてしまうとすれば、かなりの重症といえるのかもしれなかった。

カブールからカンダハルまで約五百キロメートル。予定では八時間ということになっているが、実際には十時間はかかるだろうという。料金は四百円。アフガニスタンはその国土に鉄道が敷かれていない例外的な国のひとつであるため、バスがほとんど唯一最大の交通の機関となっている。バス会社はいくつかあるが、同じルートを走る場合でも料金が一定していない。カブールからカンダハルまでの料金も、五百円、四百五十円、四百円、三百五十円と会社によって値段がまちまちなのだ。それならどうして最も安いのを選ばないのかということになるが、それはそれでよくしたもので、値段が安くなるにしたがってバスがオンボロになっていく。バス会社は自分の車の身のほどをよくわきまえているのだ。

四百円はアフガン・バス・サービス。中の下のクラスだ。しかし、窓はガタガタで、隙間《すきま》風《かぜ》は容赦なく吹き込んでくる。日の当たる側はまだいいが、日陰に坐っている私たちは、寒さに震えてしまう。それがどういう肉体の持主なのか、この寒さの中をさらに窓を開けようとする男がいる。私のすぐ前に坐っているため風がもろに吹きつけてくる。と、どこからか声が飛ぶ。私が寒そうにしているのを見て、誰かが注意してくれたのだ。ところが、そんな場合にも、注意してくれた人への感謝より、開けた奴《やつ》への憎らしさが勝ってしまう。

午前十一時半、バスはどこだかわからぬ小さな集落で停車する。乗客は思い思いの方角へ散っていく。家並とは反対の砂漠の方角だ。そして、しゃがむ。インドより西では男もしゃがんで小便をするが、確かにこのような砂漠の真ん中の、草木の一本もないところでは、立って小便することの方が不安であり、むしろ奇異なことだということが、私にもわかってきた。

それが済むと、近くの飯屋で昼食をとる。中を覗《のぞ》いてみると、そこにはテーブルなどなく、ただ土間に布が敷いてあるだけで、客はその上にあぐらをかいて坐っている。私が入っていくと、俺《おれ》の横にこい、といろいろな人から声が掛かる。あまり食欲はないので、チャイだけを注文すると、横、前、斜めの人が、俺の飯を一緒に食え、と勧めてくれる。本来なら体の調子がおもわしくないことを説明して断るべきなのに、そっけなく、

「ノー・サンキュー」

と言ってしまう。彼らに英語が通じるはずもないのに、だ。仕方がないので一口食べる。遠慮と見た人々は、しつこいほど熱心に勧めてくれる。自分の振舞いが意外に思える。でもそれきりだ。いったいどうしたのだろう、と自分で自分の振舞いが意外に思える。

午後二時、バスはまた停車する。道端でひとりの老人が果物を商《あきな》っている。中年の

軍人がザクロを買って半分私に分けてくれる。

「サンキュウ」

しかし、それだけしか言えない。いけない、いけない、と思いながら、彼と喋《しゃべ》る気力が湧《わ》いてこない。

バスがまた走り出し、斜め前の座席に坐っている若者が不思議そうに振り返っては私の顔を見つめる。ニコッとでも笑えばいいのだろうが、この好奇の眼差《まなざ》しがわずらわしい。

「チーノ？」

ついに彼が我慢できずに訊《たず》ねてくる。私はうるさそうに手を振って、

「ノー」

と言ってしまう。そこに含まれている不機嫌《ふきげん》そうな響きに気がつき、私は自分に愛想をつかしそうになる。日本人であろうと、中国人であろうと、どうでもいいと思っているはずなのに、俺はいったいどうしたというのだろう……。

カンダハルに一泊し、翌朝また早起きし、六時発のヘラート行きのバスに乗った。

バスが走る。

強い陽差《ひざ》しに照りつけられた砂漠には、地平線上に湖が姿を現わす。多分、逃げ水と同じ原理なのだろう。追いかけても追いかけてもその幻の湖には辿《たど》り着かない。ゆらゆらと湖は揺れ、消え、また新しく生まれる。

時に集落が見えると、そこの木々の葉は黄や紅に美しく色づいていた。集落から離れると、すぐにまた岩山と砂漠の世界になる。砂漠の路傍には、無造作に積み上げられた墓石を見ることもある。落ちている石をただ重ねただけのような墓が、風が吹けばどこかに飛ばされてしまいそうな頼りなさで、点々と存在している。だが、ふと視線を移すと、それらの墓の後方には巨大な岩山があって、なるほどと納得させられる。この巨大な墓標があるかぎり、死者の在るところを間違えはしない。遊牧民が、往《い》きに喪《うしな》った者と、還《かえ》りにまた会うことができるわけだ、と。

バスの中で快い振動に身を任せていると、眠気に襲われはじめる。それは砂漠という見事な絵画を前にした甘い眠気のようだった。

その時、不意に、絵の中から一頭の獣が走り出してくる。凄まじい勢いでこちらに向かって疾走してくるのだ。それは犬だった。犬は激しく吠《ほ》え立てながら頭からぶつかるような勢いでバスに接近してくる。その犬は羊追いの犬だった。ようやくその疾走の意味がわかってくる。犬は、羊を外敵から守るために闘いにきたのだ。守るために、彼の何百倍もあろうかというバスに突進してきたのだ。

いまにも犬はバスに跳びかかろうとする。その瞬間、羊の群れから「ホーイ」というような声が聞こえてくる。ぶつかって玉砕されてはかなわない。羊飼いの男が呼んだのだ。犬は、しかし、しばらくバスと並走し、バスが犬に向かっているのではないことを見届けたあとで、大きな弧を描き、砂漠を横切り、羊の群れに向かって走り去った。

その犬だけではなかった。羊の群れに犬がついているかぎり、必ず犬はバスに向かってきた。激しく吠えたてながら砂漠を疾走してくる犬たちに、心が震えることもあった。条件反射的な行動なのだ、過剰な思い入れは必要ないのだと思いきかせているのに、何度目かの時に、突然、涙が流れてきた。畜生、どうも心身ともに弱っちまいやがった。そう呟《つぶや》いてみたが、自分を納得させることはできなかった。

5

私は、アフガニスタン第三の都市ヘラートにも一泊しただけで、次の日の朝にはイランに向けて出発してしまった。テヘランにいるはずの磯崎夫妻に御馳走してもらうためには、どうしても明日中にはテヘランに入っておきたかった。

ヘラートからマイクロバスに乗って三時間半、ようやくイランとの国境地帯に入る。アフガニスタン側の国境の名はイスラムカラーという。イラン側の名はカルカレフ。二つの集落の間には砂礫《されき》と駱駝草だけの荒地が見渡すかぎり広がっている。国境といってもどこにその画定線があるのかまったくわからない。ただその荒地に双方の国の出入国管理事務所がぽつんとあるだけなのだ。人口の極端に少ないこのような砂漠においては、国境などというものは、本来、人の暮らしにとって大して意味のあるものではなかっただろう。

私たちが国境の事務所で出入国の手続きをしている間にも、砂漠の向こうに眼をやると、イランからアフガニスタンへ、無数の駱駝を連ねた遊牧民たちが国境などとは無関係に悠然《ゆうぜん》と通過していくさまが望見できる。駱駝には家財一式と、女子供を乗せた籠《かご》が背負わされている。それが一列に並んで、切れ目なく陽の光を浴びながら砂漠を歩んでいく。彼らの姿を見ていると、パスポートなどというものを手に、たったひとつのスタンプを押してもらうために、ここでこうして並んで待っている自分たちの行為が馬鹿《ばか》ばかしいものに思えてくる。

しかし、遊牧民の自由な通行に過大な幻想を抱くのは間違っている。彼らといえども国から国へまったく自由に往き来をしているわけではない。アフガニスタンとイランとの間で協定が結ばれ、そのうえで成り立っている自由な通行にすぎないのだ。

アフガニスタン側の国境は簡単に通過できた。検疫《けんえき》の役人が「時計を交換しないか」としつこく迫ってきたが、私が何も言わずに左腕を突き出すと、彼は慌てて手を振り「オーケー、オーケー」と言ってそっぽを向いた。私の時計は、カレンダーはもちろん、秒針すらついていない、安物のタイメックスだった。彼は日本人たるもの必ずセイコーを持っていると思っていたのだろう。

世界で最も人口に膾炙《かいしゃ》している商品の中でも、そのカバーしている国の数の多さにおいて、コカコーラと並んでセイコーに勝るものはないといえるかもしれない。これまでも、さまざまな土地で、私が日本人だとわかると、時計を交換してくれという申し込みを受けた。だが、私の時計がオモチャ同然の安物と知ると、彼らはよく、おまえは本当に日本人なのかという顔をしたものだった。

アフガニスタン側の国境事務所から一キロほど離れたところにイランの国境事務所がある。インドからパキスタンへ入る時には歩いて国境を越えたが、アフガニスタンからイランへは砂漠の一本道をさらにマイクロバスで行かなくてはならない。

イランの税関は、アフガニスタンからの麻薬の流入を恐れて、旅行者の荷物を徹底的に調べるので有名だった。ザックをひっくり返し、寝袋の中を探り、靴《くつ》を脱がせてその中までチェックする。この税関で日本人の男女が麻薬の不法所持で捕まり、投獄されたという話もカブールで聞かされていた。

ひとりにあまり長く時間をかけるので、カウンターの前には長い列ができている。私のすぐ前に並んでいたイギリス人の若者は、洗面道具の中に隠していたトランプを没収されてしまった。カードの裏に金髪女のヌードが刷り込まれていたからだ。税関の役人は仲間を呼び集め、一枚ずつめくっては顔を見合わせ、卑猥《ひわい》な含み笑いをする。

私はなんとか無事に通過することができた。

時計を見ると、朝の六時にヘラートを出たものが正午近くになっている。国境からはタイバッドという町までバスが出ているという。テヘランへはそのタイバッドからメシェッド行きのバスに乗り、そこからさらにテヘラン行きのバスに乗り継ぐことになる。

バスの発着所を眼で探していると、事務所の脇《わき》に一台の大型バスが駐車しているのに気がついた。相当にくたびれたバスで、車体のペンキも剝《は》げ落ち、あちこちに錆《さび》が浮いている。どうやら乗合いバスではないようだった。私が眺《なが》めていると、不意にひとりの若者が窓から顔を出して言った。

「このバスに乗っていかないか」

聞けば、このバスはアジア・ハイウェイを走るヒッピー・バスで、これからテヘランを経てイスタンブールまで行くという。それから先のコースは決まっていないが、多分アムステルダムに行くことになるだろうという。そういえば、税関の横のロビーで、汚い格好のヒッピーの一団が、一カ所に集められ調べられていた。彼らの乗っているバスがこれだったのだ。

インドからヨーロッパを結ぶ道にはこの種のバスが何台か往き来している。ヨーロッパとインドとの間には豪華なツアー・バスも確かに走っているが、文無しのヒッピーたちにはまるで縁がない。「この種のバス」というのは、カトマンズやデリーなどの西欧のヒッピーたちの溜《たま》り場でヨーロッパに帰る者を募り、安い運賃で連れていくようなバスのことだ。

運びの方法は、とにかく走れるだけ走って距離を稼《かせ》ぐというのが原則だが、それでは運転手も乗客も体がもたない。そこで、途中に何カ所かストップ・オーバーする地点を設けておく。その町に着くと、客はそれぞれ自分の懐《ふところ》に応じた宿を探すために散っていき、決められた日時に再びバスに戻ってくるのだ。全員が集まるとバスは出発し、次の土地まで走る。そうやってヨーロッパに着くと、今度はアムステルダムやロンドンなどからアジアを旅しようというヒッピーたちを運んで帰る。もちろんそうしたバスの運行は正規の観光業者の手になるものではなく、たった一台のバスで一山当てようといった連中がほとんどだったから、途中で故障して動かなくなればそこで放《ほう》り出されてしまうかもしれないという危険性は常にあった。しかし、とにかく安いこと、乗っていればどうにかヨーロッパまで辿り着けるので、なけなしの金をはたいて乗り込むヒッピーも少なくなかった。

事務所の脇に停《と》まっていたバスも、そういった一台であるようだった。私を呼び止めた若者の話によれば、このバスはパキスタン人の二人が金を出し合って買ったもので、彼ら自身が交替で運転しているとのことだった。これが処女運行であり、主としてカブールで乗客を募ったのだが、目算通りの数が集まらなかった。そこで、カブールでぶらぶらしていたネパール人のその若者が、客引きとして雇い入れられたのだという。もっとも、雇われたといっても賃金をくれるわけではなく、ただ単に運賃を半額にまけてくれただけだともいう。

乗らないかという誘いにはかばかしい返事をしないでいると、ネパール人の若者が言った。

「どこへ行くんだ」

「メシェッドだ」

私が答えると、そこにオーナー兼ドライバーらしいひとりが姿を現わし、乗れ乗れとしきりに勧める。よほど台所が苦しいらしい。メシェッドまで二ドルでどうだという。普通の乗合いバスを乗り継いでいけば一ドル見当で行くことができる。だが、これに乗っていけば乗り換えがなくて済むという利点がある。どうしようか迷っていると、オーナー兼ドライバーが訊《たず》ねてきた。

「メシェッドには長くいるつもりなのか」

「いや、一泊したらすぐテヘランに向かうつもりだ」

私が言うと、オーナー兼ドライバーは顔に喜色を浮かべて言った。

「それならこれでテヘランまで行けばいい。テヘランまでなら七ドルでいい」

確かにこれで行けばメシェッドに一泊しなくてすみ、翌朝あらたにバスを探す手間がはぶける。乗合いバスなら七ドル弱で行けるだろうが、宿代が浮けばかえって安上がりというものだ。

「テヘランには何時に着く予定だ」

私が少し乗り気になって訊ねると、オーナー兼ドライバーがきっぱりと言った。

「明日の正午までには着く」

つまり、丸一日で行くというのだ。それならメシェッドに泊まっていくより時間の無駄《むだ》が少ない。磯崎夫妻は明後日の夜まではテヘランに泊まっているはずだった。明日中に着けば、明後日の夜には御馳走《ごちそう》してもらえると思っていたが、明日の昼間に着けば二晩も御馳走してもらえるかもしれない。よし、このヒッピー・バスに乗ろう。

「オーケー、決めた」

私が言うと、オーナー兼ドライバーは握手を求めてきた。これで商談成立というわけだった。しかし、それが間違いのもとではあった。

6

私はそのヒッピー・バスに乗り込み出発を待った。

税関で執拗《しつよう》に調べられていたヒッピーたちも、ひとり、またひとりとバスに戻ってきた。ところが乗客があらかた揃《そろ》ったと思われるのに、バスは国境事務所の脇に止まったまままいっこうに発車する気配がない。

少し離れているところに停まっていた一般の乗合いバスは、税関のカウンターに人がいなくなるのを見定めると、そうそうにタイバッドに向かって出発していた。もはや、このヒッピー・バスに乗って行くよりほかに国境を離れる手立てはないのだが、一時間たっても、二時間たっても出発しようとしない。どうやら、バスに関する書類が整っていないため税関でもめているらしい。自動車でいくつもの国を越えていくためには、国際的なレベルでの許可書を必要とするが、この一発屋のパキスタン人たちは、慣れていないこともあってイランに入国するために必要な書類を完備させていなかったのだ。

もし不備のまま入国しようとすれば、途方もない関税をかけられることになる。様子を見にいったヒッピーの話によれば、オーナー兼ドライバーの二人組が懸命に説明するのだが、税関の役人が頑《がん》として認めないのだという。

乗客たちも少しずつ不安になってきた。彼らはすでに金を払っているのだ。テヘラン、イスタンブール、アムステルダム、あるいはパリと、それぞれに目的地は異なっていても、誰もがなけなしの金を運賃として支払っていることには変わりなさそうだった。中にはその金が所持金のほとんどすべてであり、あとは何食分かの小銭を持っているだけという者もいるはずだった。もしこのバスが先に行けなくなれば、故郷に帰れなくなる者が出てくるに違いなかった。

午後四時になり、皆が苛立《いらだ》ちはじめた頃《ころ》、二人組がようやく戻ってきて、出発できることになった、と言った。ひとまず安心したが、どのようにしてこのうるさいイランの税関の役人を丸め込んだのか不思議だった。先客のヒッピーから聞いた話では、途中で私のような客を拾っては、その金でガソリンを買って走っているということだったので、賄賂《わいろ》を渡すなどという余裕があるはずはなかった。だが、その理由はタイバッドに着いたとたんにわかった。

バスが国境事務所を離れる時、ひとりのイラン人が乗り込んできた。鼻の下に髭《ひげ》などはやしているが、まだ三十そこそこの、乗客のヒッピーたちと大して世代が違いそうもない男だった。タイバッドに着くとバスを降りたので、国境の役人が町へ行くついでに乗せてくれと頼んできたのだろうと思っていた。ところが、しばらく停車していると再び姿を現わし、またバスに乗り込んできた。今度は手にボストン・バッグを持っている。オーナー兼ドライバーの説明によれば、彼はイラン警察のポリスだという。このバスがイランの国境を出ていくまで同乗して、途中で不法に売り払われたりしないかどうか監視するのだという。つまり、ポリスの同乗と引き換えにイラン領内に入ることを許されたというわけだったのだ。ポリスと一緒に旅をするなどというのは迷惑しごくな話だった。しかし、だからといって、前に進めなくなることを考えれば、やはり我慢せざるをえないことでもあった。

バスは五十人乗りのどこにでもある平凡なものだった。そこに二十数人の若者たちがそれぞれ勝手な席に坐《すわ》っている。国籍は多彩だった。オーナー兼ドライバーの二人組がパキスタン人、客引きや荷物の出し入れなどをしているのがネパール人、それに英、独、仏、蘭、伊、米、豪、などの乗客。日本人である私とイラン人のポリスを加えると、実に十数カ国もの人間が一台のバスの中にいることになる。

私は一番うしろの空いていたシートに坐ったが、その横には長い放浪生活に疲れ果てたような顔つきのイギリス人、すぐ前の席にはどこか崩れた感じのするフランス人の三人組がいた。男二人、女ひとりのその三人組は、バスの中での共通語である英語をほとんど使わず、自分たちだけでフランス語を声高に喋《しゃべ》り、あるいは野卑な笑い声を上げていた。その様子はこのバスの中でもひときわ目立つものだった。周囲の連中も無関心を装いながら、内心舌打ちしたいような気分でいるらしいことが手に取るようにわかる。

これまで、私が旅の途中で出会ってきたフランスのヒッピーたちは、どういうわけか多くがその瞳《ひとみ》の奥に深い退廃を宿していた。フランス人の、その果てのない退廃には、他のどこの国の若者も付き合い切れないようだった。イギリス人も、アメリカ人も、どれほど危うく見えてもフランス人のような崩れ方をしている者はいなかったように思う。

フランス人の三人組は、イランでは法律で禁止されており、不法所持が露見すれば一グラムにつき一日の刑期を申し渡されるというハシシを、ポリスが同乗しているそのバスで平然と廻《まわ》し飲みしていた。

三人組と対照的だったのは、その斜め前に坐っていたドイツ人の若い男女の二人連れだった。二十歳そこそこの学生と思われる二人は、際立《きわだ》って静かだった。互いに言葉を交わすことも少なかったし、同乗している他の連中とも口をきかなかった。しかし、ヘラートから私と同じマイクロバスに乗って国境に着いたということや、そこで私と同じように誘われてこのバスに乗り込んだということもあったのだろう、タイバッドでポリスを待っている時に一度だけ向こうから話しかけてきたことがあった。

「どこまで行くの？」

「このバスでは、テヘランまで」

「それなら、僕たちと同じだ」

ドイツ人の若者は嬉《うれ》しそうに言うと、テヘランではどこに泊まるつもりか、とさらに訊ねてきた。

「アミール・カビールのつもりだけど……」

私が答えると、失望したような表情を浮かべた。彼によれば、二人はフランクフルトから飛行機でカブールまで遊びにきたのだという。帰りは陸路をとることにしたのだが、連れの女の子がしだいにヒッピー宿の汚さに耐えられなくなってきた。テヘランでは少しはましなホテルに泊まりたいのだが、あまり高いところには泊まれない。もしかしたら、日本人のあなたならアミール・カビールより清潔な安宿を知っているのではないかと思ったのだ、彼はそう説明した。連れの女の子は、透き通るように色の白い、線の細い美人だったが、このような苛酷《かこく》な旅に肉体も精神も馴染《なじ》めなかったのだろう。

私にしても、しかしテヘランの宿としてはアミール・カビールしか知らなかった。ヨーロッパからインドにかけての道には、ヒッピーのための、というよりヒッピーが開拓した宿や食堂がかなりある。その中でもとりわけ優れた何軒かは、ヒッピーたちが擦れ違いざまに口移しで言いつたえていく。インドからヨーロッパに行く者と、ヨーロッパからインドへ向かう者が、ひとつの町で偶然に出会う。すると二人は、彼らが今まで辿《たど》ってきた道筋にあった宿や食堂についての情報を提供し合うに違いない。あの町へ行ったらあそこに泊まれ、この町へ行ったらあそこで食べるがいい、と。

やがてそのうちに、いくつかの宿と食堂がヒッピーたちの間で伝説化していく。ニユーデリーの「コーヒー・ハウス」、ペシャワールの「レインボー・ホテル」、カブールの「ステーキ・ハウス」などがそうだったし、イスタンブールには「ホテル・グンゴール」や「プディング・ショップ」という有名なホテルやレストランがあるという。

ごく初期の頃は別にして、いまはもう格別安かったりうまかったりするわけではなくとも、ひとたび伝説的な存在になると、そこは旅をするうえに必要な情報の集まる場所になっていく。イスタンブールの「プディング・ショップ」には、店の壁に《カトマンズまでの同乗者を求む。ただしガソリン代負担のこと》とか《カメラ売りたし》とかいった無数のビラが貼《は》られているという。「プディング・ショップ」の経営者はガッチリしていて、一枚貼るにも金を取るが、それでも壁は常にビラで埋まっているということだった。

アミール・カビールもそうした場所のひとつだった。確かに、テヘランに行ったらアミール・カビールに泊まれ、と擦れ違う誰もが言った。しかし、これまでごく普通の人生を歩んできただろうドイツ人の女の子にとっては、そのような場所が発している独特な臭《にお》いが、耐えられないものに感じられてきたのだろう。無理はなかった。むしろ、その方が自然だった。恐らく、私を含めて、このバスに乗っているようなヒッピーたちは、ただ不感症になっているだけにすぎないのだろう。自分が発している臭いがあまりにも強烈なために、その饐《す》えた臭いが打ち消されていることに気づかなくなっているだけなのだ……。

大きな夕陽《ゆうひ》が急速に沈んでいく。その血のような光を浴びながら、奇妙な者たちを乗せた奇妙なバスはメシェッドに向かって走りはじめた。この時には、誰もがまだ、明日の正午まではテヘランに着く、と信じていた。

7

夜の八時を過ぎてメシェッドに着いた。

メシェッドは、イランで三番目に大きい都市というばかりでなく、イラン国民の九割以上を占めるというイスラム・シーア派の最大の聖地として有名な町だ。シーア派の大聖者であるイマーム・レザーが葬《ほうむ》られている廟《びょう》には、国中の信者が「聖地巡礼」にやってくるという。廟のドームは、金色のものと深い蒼色《あおいろ》のものとの二つがあり、夜目にも美しく輝いている。

聖廟を中心にバザールがある。

バスはその近くで、遅くなってしまった夕食をとるために停まった。おのおので食事をし、一時間後に集合することになったが、金がないため外に出られず、仕方がないのでバスに残って眠るつもりだという若者もいた。

私はバザールからそう遠くない食堂でカバブとヌンを食べた。相変わらずのメニューだったが、アフガニスタンに比べると、味は格段によくなっている。もっとも、値段の方もかなり差があり、倍近くになっていた。インドから西に進むにしたがって、ジリジリと物価が高くなってきているのが、実感としてわかる。

バザールを冷やかし、時間通りにバスに戻ると、もうほとんどの乗客が揃っていた。バスは再び走り出した。ところが、二十分もたたないうちにまた停まってしまう。ガソリンが切れたのだという。ネパール人の若者が、国境から新たに乗り込んできた私たちから、料金を徴収しはじめる。冗談ではなく、本当にその金でガソリンを買うらしい。しかし、たかがガソリンを入れるのに、一時間以上もかかってしまう。ガソリン・スタンドで、オーナー兼ドライバーの二人組が、ガソリン代を値切るために延々と交渉しているのだ。明日の正午にはテヘランに着くということだったが、この調子ではいつになったら到着するかわからない。こんなバスに乗ったのが軽率だった、と私は少し後悔しはじめた。

交渉はなかなかまとまりそうもなかったので、私たちはバスを降り、便所を探したり、散歩をしたりして時間をつぶした。

その辺りをぶらぶらしていると、粗末ななりをした子供たちが、暗い地面から湧《わ》いたように姿を現わし、私たちにまとわりついてきた。手を差し出し、金を要求する。私たちの方こそ恵んでもらいたいくらいなのだから、行きずりの子供に金をやることなどできはしない。それぞれ首を振ったり、邪険に手を払いのけたりして拒絶するが、それでも子供たちはこれぞと目星をつけた者の後につき、離れようとしない。

だが、そのような乗客たちの中で、ひとりだけ優しく笑いながら応対してやっている若者がいた。彼はオランダ人でロッテルダムの出身者だった。そんなことを私が知っていたのには理由がある。このヒッピー・バスで出会う前に、カブールで見かけたことがあったのだ。青年なのか老人なのか見分けのつかない異様な顔立をしているうえに、秋だというのにインドで買い求めたに違いない薄手のクルタ一枚しか着ていない。長い粗食生活のためか、眼《め》は落ち窪《くぼ》み、痩《や》せ細っていた。ただし、彼がやはり若いということは、つやつやした皮膚や、張りのある声が証拠立てていた。私はその彼を、カブールで知り合った日本人を訪ねた折りに、彼らが泊まっている安宿の庭で見かけたのだ。

宿の庭で何人かと馬鹿話をしている時だった。

ひとりがクラッカーを食べていて、口に入れるため一枚を二つに割った時、小片が土の上に落ちた。そこに、偶然、クルタを着たその男が通りかかった。彼は落ちているクラッカーに眼をやると、私たちに訊ねてきた。

「これは不用なのか」

落ちたクラッカーの小片など必要なはずがない。

「もちろん」

クラッカーを食べていたひとりがクルタを着た異様な男に答えた。すると、彼はそれを拾い上げ、ふっと息を吹きかけ、ほこりを払うと口の中に放《ほう》り込んでしまった。そこにいた全員がその一瞬の出来事に度胆《どぎも》を抜かれた。

もしかしたら、それは私たち日本人への冗談めかした示威の行為なのかもしれないという気もしたが、彼は翌日もその翌々日も食堂では必ず誰かから食べ残しを分けてもらっていたから、落ちたクラッカーを拾って食べるくらいは特別のことではなかったのだ。しかし、いくら貧しいといっても、これほどまでのことをするヒッピーには、会ったことがなかった。どんな素性の男なのだろう。私は知りたいと思ったが、宿の連中にもロッテルダムの出身だということくらいしかわかっていなかった。

その彼がこのバスに乗っていたのだ。金をどう工面したのか知らないが、メシェッドでも食事をしなかったところを見ると、相変わらずの文無しであるに違いなかった。彼は二人の男の子にまとわりつかれながら、ひとつも嫌《いや》な顔をしていなかった。男の子たちは垢《あか》にまみれた手を差し出して金をせびっている。彼に金が、それも恵んでやれるような金があるはずがなかった。どのようにして金のないことを納得させるのだろう。

眺《なが》めていると、彼は急にポケットに手を突っ込み、硬貨を摑《つか》み出した。恐らくはそれが彼の全財産だったのだろう、掌《てのひら》を広げるとそこには六つのリアル貨があった。一リアルは四・五円、つまり五円玉が六個あったということになる。彼はそれを子供たちの眼の前に差し出し、二つずつ三つの組に分けた。何をするつもりなのだろう。私はその展開を意外な思いで見つめた。

彼は何のためらいもなく、掌の上で仕切った二つずつの硬貨を、一組はひとりの男の子に、一組はもうひとりの男の子に、そして残りの一組は自分に、と身振りで説明した。子供たちはわかったというように大きく頷《うなず》くと、嬉しそうにリアル貨を二つずつ摘み上げた。それを見て、彼もまた嬉しそうに二リアルを一方の手に取った……。

その光景を見て、私は強い衝撃を受けた。

私自身、これまで、東南アジア、インドからこのイランに到るまでの旅の最中に、いったい何百、何千の物乞《ものご》いに声を掛けられ、手を差し伸べられたことだろう。だが、私はそのたったひとりにすら金を恵んでやることがなかった。いや、恵むまいと心に決めていたのだ。

ひとりの物乞いに僅《わず》かの小銭を与えたからといって何になるだろう。物乞いは無数に存在するのだ。その国の絶望的な状況が根本から変革されないかぎり、個々の悲惨さは解決不能なのだ。しかも、人間が人間に何かを恵むなどという傲慢《ごうまん》な行為は、とうてい許されるはずのないものだ……。そのような思いが私に物乞いを拒絶させた。私には他人に金を恵む筋合もなければ資格もない。

確かにそれはひとつの考え方ではあったろう。しかし、ロッテルダムの男の行為を眼《ま》のあたりにした後では、それは単に「あげない」ための理由づけにすぎないような気がしてきた。自分が吝嗇《りんしょく》であることを認めたくないための、屁理屈《へりくつ》だったのではないだろうか。「あげない」ことに余計な理由をつける必要はない。自身のケチから「あげない」ということを認めるべきなのだ。そうだ、俺《おれ》はただのケチであるにすぎなかったのだ。

そこまで考えが及ぶと不思議に気持が軽やかになってきた。自分をがんじがらめにしていた馬鹿ばかしい論理の呪縛《じゅばく》から解き放たれて、一気に自由になれたように思えてきた。なぜ「恵むまい」などと決めなくてはいけないのだろう。やりたい時にやり、恵みたくない時には恵まなければいい。もし恵んであげたいと思うのなら、かりにそれが最後の十円であっても恵むがいい。そしてその結果、自分にあらゆるものがなくなれば、今度は自分が物乞いをすればいいのだ。誰も恵んでくれず、飢えて死にそうになるのなら、そのまま死んでいけばいい。自由とは、恐らくそういうことなのだ……。

交渉が成立し、給油が終ったバスは、ようやくテヘランに向けて走り出した。走りつづけているうちに、夜はしだいに深くなっていき、やがて車内の灯《あか》りが消された。乗客はそれぞれ寝袋やコートにくるまりながら眠りにつく。

私の領分は最後部のひとつづきのシートの半分だった。反対側の半分にはイギリスの若者が横になっている。長さが三メートルにも満たないシートだから、一メートル八十の男が二人も横になれば、どうしても足と足とがぶつかり合ってしまう。だがここでも驚かされたのは、そのイギリス人の一種独得の礼儀正しさだった。彼は、いかにも体中に深い疲労がたまっているといった様子だったが、それにもかかわらず、足と足とがぶつかると、どんな時にも自分からよけようとしてくれた。

夜が更《ふ》けるにしたがって外気の温度が下がり、バスの中もかなり寒くなってきた。やっとドライバーがヒーターを入れてくれたと思うと、私のすぐ前の席に坐っているフランス三人組の女が窓を開け放ってしまう。口が乾いてしかたがないのだという。しかし、風は彼女のところにではなく、後の私を直撃する。しばらく我慢していたが、とうとう堪《たま》らずとび起きた。閉めてくれないかと頼むと、いったんは閉めてくれる。だが、すぐにまた開けてしまう。閉めては開け、閉めては開け、その繰り返しなのだ。私はついに諦《あきら》め、寝袋のファスナーをいっぱいに引き上げ、体を縮めて眼をつぶった。

車内が静まり返り、私もうとうとしかけた頃、前の座席のシートのきしむような音に眼を覚まされた。半身を起こすと、前のフランス三人組のうちの男女二人が、ふわりとかけた毛布の下で抱き合い、声を殺して動いていた。隣のイギリス人も半身を起こしたが、気配を察すると、私の方を向いて肩をすくめた。勝手にしやがれ、だ。彼も私も再び横になった。しかし、寝入りばなを起こされ、私はなかなか眠りにつけなかった。

眠れないまま、ふと、バスの後部の大きなガラス越しに空を見上げると、そこには透き通るような輝きを持った無数の星があった。私が日本から持ってきた本といえば、李賀《りが》の詩集と西南アジアに関する歴史書を除けば星についての概説書だけだったが、その助けを借りなくとも星座の姿が正確に見分けられるほど美しく澄んだ星空だった。星の光だけで、遠くに連なる山々の稜線《りょうせん》がくっきりと映し出される。日本から遥《はる》かに離れたこのイランで、いくつかの偶然によって、十何カ国かの若者たちと共に怪しげなバスに揺られ、今この眩しいほどの夜空を眺めている。そのことがわけもなく感動的なことに思えてならなかった。

8

眼を覚ますと、東の空がうっすらと明るくなりはじめていた。走っているのは高原地帯だった。バスはオーナー兼ドライバーの二人組が交替で運転し、一晩中走りつづけていたらしい。

山と山との間から、朝の光が洩《も》れてくる。ひとり、またひとりと眼を覚ます。そのひとりが、突然、ドライバーに声を掛ける。

「ストップ！」

ドライバーはしばらくそのまま走らせ、灌木《かんぼく》が茂る小川の傍《かたわ》らでバスを停《と》める。声を掛けたひとりは、急いでバスを降り、草叢《くさむら》の中に駆けて行く。彼に倣《なら》って、何人かがこの広い高原で思い思いの場所を探し求めて、用を足す。それ以外の者もバスから降り、手足を伸ばし、小川の水で顔を洗う。秋も深い高原の水は氷のように冷たい。だが、皆どこか楽しそうに朝の洗面をしている。長く不自然な格好で寝ていた体には、その冷たさがかえって快いのだ。

発車して二時間ほど走ると、バスは街道脇《わき》のチャイハナに停車する。そこで朝食ということになる。

イランでは、その日から金曜日をはさんで大連休に入るとかで、客を満載した長距離バスが次々とやって来ては、休憩のためチャイハナに横づけされる。そのイランのバスの満員ぶりは恐るべきもので、本来は荷物置場であるはずの屋根の上にまで人をぎっしり坐《すわ》らせている。急ブレーキでもかけようものなら、転がり落ちてしまいそうだ。

そのチャイハナで、メシェッドまで旅行をしようとしているテヘランの大学生たちと知り合いになった。注文して出てきたチャイに、印僑《いんきょう》のアラビア商人が教えてくれた通り、菱形《ひしがた》の砂糖がついているのが面白く、手にとって眺めていると、飲み方がわからないのではと思った彼らが声を掛けてきてくれたのだ。彼らは私が日本人だとわかると、さらに親しみを増したようだった。そして話の最後には、自分たちも外国を自由に旅してみたい、というどこの国の若者とも変わらない願望を口にした。彼らは自分たちの未来をあまり明るいものに描いていなかった。どのように頑張《がんば》ったところで、国王のパーレヴィに連らなる門閥でないかぎりイランでは成功できない、という諦めがあるようだった。

「僕は持っていないからね」

とひとりがつたない英語で言った。すると、他のひとりがそのあとを引き取った。

「パーレヴィ・コネクションをな」

そこで全員が声を上げて笑ったが、冗談を言っているという陽気さは感じられなかった。

学生たちに比べると、イランの老人たちははるかに陽気だった。

ひとりの老人などは、異邦人だと認めると私を大声で呼び寄せ、チャイを勧め、自分が吸っている水パイプの煙草《たばこ》を勧めてくれた。別にこちらがペルシャ語を理解しないことなど意にも介さず、大真面目《おおまじめ》に話しかけてくる。私も勝手なところで「うん、うん」とか「なるほど」とか、日本語で相槌《あいづち》を打っていたが、それでけっこう会話は成立しているようだった。別れ際《ぎわ》にチャイの代金を払おうとしたが、老人は決して受け取ろうとしなかった。それは、どこの国の老人にも共通する、誇りに満ちた、威厳あふれる拒絶だった。その厚意は、こちらの胸にも素直に届いてきた。

午前九時、バスはチャイハナを出発した。

ところが、なんということか、大して走らないうちに、エンジンが引きつけを起こしたような音を立てはじめる。バスは呻《うめ》き、喘《あえ》ぎながらイランの農村地帯をよたよた走っていく。こちらは急いでいるというのに、それを嘲笑《あざわら》うかのようにバスの発作はますますひどくなっていく。ドライバーはついにバスを停め、エンジンの点検をするのだが、彼の手には負えそうにない。

このあたりから、監視のために同乗していた髭《ひげ》のポリスの大活躍が始まった。

はじめのうちは、世界各国の人間が集まった異様な一団に圧倒されたのかひどくおとなしかった。彼にとっても、国の端から端へ行かなくてはならないこの旅は、あるいは生涯《しょうがい》の大旅行かもしれず、容易に緊張がほぐれなかったのも無理はなかった。ところが、一夜明けると持ち前の陽気さを取り戻したらしく、乗客と一緒に大声で歌をうたい出すまでになってきた。しかも、乗客も文無しなら、運ぶ側にも金がないという状況がよくわかってきたようで、大いなる義俠心《ぎきょうしん》が芽生えてきたらしく、ほぐれてからの彼は監視役というよりまるで貧乏ツアーの添乗員のような働きをしてくれた。

バスの喘ぎはさらにひどくなり、いよいよどこかで修理してもらわなくてはならなくなった。本道から離れ、近くの村に入っていくと、ポリスは何軒かある修理工場のうちどこが安く確かかを村人から訊《き》き出し、おまけに値切りの交渉までしてくれた。

修理をしている間、私たちはまたチャイハナに入り、時間をつぶした。その中のひとりが、金を払う段になって、チャイハナの主人と悶着《もんちゃく》を起こした。はじめに三リアルと言った、いや五リアルと言ったはずだという、料金をめぐる争いだ。仲裁に入ったポリスは、二人の強情に困り果て、

「それでは、私が二リアル払うよ」

と言い出してしまう。彼はとても気のいい人のようだった。

そこはイランの典型的な農村だということだった。黄色く色づいた稲、紅葉した木々の葉、白い実が成った綿花畑、そこに群がる羽虫。ここまでの殺伐とした荒野とちがい、ゆったりとした和《なご》みの感じられる風景だった。豊かだな、と私は思った。そこには多様で豊富な色彩があった。それが私の眼にたまらなく豪奢《ごうしゃ》なものと映った。

なんとか故障が直り、バスは走りはじめる。さすがに快調に走っているなと安心していると、また不意に停まる。今度は道を間違えてしまったというのだ。このアジア・ハイウェイで、いったいどうしたら迷子になれるのか、私にはそちらの方が不思議だったが、とにかくわけのわからない山中の道に迷い込んでしまったらしいのだ。

点在する人家を訪ねては、ポリスが必死に道を訊き、ようやくのことで本道に戻ることができた。

メシェッドからテヘランまでのルートには、カスピ海沿いに進むコースと内陸を行くコースの二つがあるというが、このバスはそのどちらを採っているのか見当もつかない。湖が見えたかと思うと山地に入ってしまうのだ。もうこの頃《ころ》までには、テヘランへ正午に着こうなどという大それた考えはなくなっていた。ただひたすら無事にテヘランまで行ってほしいと念じるばかりだった。

途中、小さな町で昼食のための小休止をした。そこに一軒の洒落《しゃれ》たホテルが建っている。だが、このペルシャの地で、それもこのような静かで美しい町で、何が悲しくてそんな名前をつけなくてはならないのかと思うのだが、その名をマイアミ・ホテルという。私たちはそのマイアミ・ホテルにぞろぞろと入っていった。

トイレで顔を洗い、ゆっくり食堂へ行くと、皆はもう食べはじめていた。乗客の中にはつましく飲物くらいで済ませている者もいたが、ポリスは豪勢に羊肉の炊《た》き込み御飯を食べている。ライスに羊肉とレーズンを入れバターで炊き込んだ、つまりピラフだ。ピラフの発祥の地はこのペルシャというが、いかにもおいしそうだ。注文を取りにきたボーイに値段を訊いてみると、

「テン」

と答える。十リアルなら五十円にも満たない。それでこれが食べられるのなら安いものだ。私が注文すると、傍《そば》にいたヒッピーたちが怪訝《けげん》そうな表情を浮かべた。はじめその意味がまったくわからなかったが、金を払う段になって納得がいった。おいしく食べ終り、十リアル出すと、ボーイは足りないという。いくら足りないのか、と私は訊《たず》ねた。

「ナインティ」

「十九？」

「ノー、ナインティ」

九十リアルも足りないというのだ。ふざけるなと思い、旅行者と見てふっかける悪徳ボーイと喧嘩《けんか》をしようと身構えた。するとひとりのヒッピーがやめろと言い、説明してくれた。要するにその値段は十リアルではなく、十トマンなのだ。イランの貨幣の基本的な単位はリアルだが、日常生活ではトマンを用いる。一トマンは十リアル。だからその炊き込み御飯の値段も十トマン、つまり百リアルなのだ、という。百リアルといえば五百円近い。それは私が一日に使える総額に等しい。どうして前もって教えてくれなかったのだ。私が周りにいた連中をなじると、ひとりがこう言って笑った。

「おまえは日本人だから、トマンもリアル同然だと思ったのさ」

その日もまた陽《ひ》が落ちかかってきたが、依然としてテヘランは遥か遠くにあるようだった。しかし、乗客たちの間には不思議なほど苛立《いらだ》ちがなかった。何十時間も同じバスに乗って揺られていると、永久に終りのこない遠足をしているような気分になってくる。国籍も違い、言葉も違うが、ほとんど同じ世代だということが、互いに優しい気持を持たせる役割を担《にな》っているようだった。やがて、休止のたびに、誰かが駄菓子《だがし》を買ってきては周囲に配るようになる。バスが走り、停まる。誰かが果物を買ってきては皆に分ける。その大盤振舞いを最も頻繁《ひんぱん》にしたのは、意外にもあのフランスの三人組だった。

別に全員で会話を交わすというのでもないのだが、車内にひとつの気分を共有しているような親近感が生まれてくる。テヘランへはいったいいつ着くのだ、と訊ねる者もいなくなる。いつかは着くのだろう、そんな気分になってくる。

乗客のほとんどは、インドやネパール、あるいはアフガニスタンでの奔放な旅を終え、故郷のヨーロッパへ帰ろうとしている者たちだ。一日早く帰ったからといってそれが何になるだろう。むしろ、早ければ早いほど、青春そのものといった日々から足早に遠ざかってしまいそうな気がする。それらの日々は必ずしも自由で甘美なばかりではなく、多くは苛酷《かこく》ですらあったろうが、いざ失う日が近づいてくるとなると、たまらなく貴重なものに思えてくる。故郷で待っているのは「真っ当な生活」だけだ。それも悪くはないが、自分がそのような生活に復帰することができるのかどうか、不安がないわけではない。復帰できたとしても、果して「真っ当な生活」に耐えていかれるだろうか……。

彼らの惑いは、やがて私自身の惑いになるはずだった。

陽が落ち、闇《やみ》が濃くなっていく。

突然、ポリスが立ち上がって、演説を始めた。ペルシャ語のため私たちにはまったくわからないが、かなり真剣な面持《おもも》ちだった。オーナー兼ドライバーの二人組のうち、皆からドクターと呼ばれているひとりがほんの少しペルシャ語を解するとかで、英語に翻訳してくれたところによれば、ポリスはこんなことを言っているらしかった。

これまで互いにまったく知りもしなかった人々が、このように一堂に会し、このように理解し合うことになった。いずれ、テヘランに着けば、別れ別れになってしまうのだろう。その前に、お別れのティー・パーティーを開こうではないか……。

乗客たちはその提案をニヤニヤしながら聞いていたが、やがて一同なぜか感傷的な気分になってきて、どこかのチャイハナでチャイでも飲むことにしようという話がまとまった。

しばらく行くと、街道沿いに、色つきの豆電球を庭木に取りつけ点滅させているオープン・ガーデンの小綺麗《こぎれい》なチャイハナがあった。バスを停め、全員で入っていくと、その店の主人がすっ飛んできた。もう店は閉めたから出ていってくれ、と言う。他の客はテーブルに坐り、チャイを飲んでいるのだが、私たちのあまりの汚さに恐れをなしたらしかった。

ポリスがいくら懸命にそれが国際親善、国際平和のためだと力説しても、主人は頑として譲らなかった。親善や平和より、器物をひとつでも盗まれたくないという思いの方が先行したのだろう。もっともなことではあった。

皆も急に興醒《きょうざ》めし、お別れパーティーなどという少女趣味の会を催そうとしていた自分たちを逆に奇妙に思いはじめたりしたが、ポリスの善意には誰もが感謝していた。チャイハナの主人の慌てぶりが、バスの中でひとしきり話のタネになった。

夜九時、夕食のため停まった。私はロッテルダムの男に羊肉とトマトのカバブをおごった。彼は卑屈になることなく丁重な礼を言った。

バスはまた走り出す。夜も更《ふ》けていき、午前零時を過ぎ、ついにアフガニスタンとイランの国境を出てから三日目に突入してしまった。誰しもが疲れ果て、ひとりずつ横になっていく。私も寝袋にくるまっているうちに、いつしか眠り込んでいた。

夢うつつにバスが右往左往している気配が感じられる。この場に及んでまだ道に迷っているのだ。やがて山の中の悪路に足を踏み入れたらしく、ひどく揺れはじめた。それでもしぶとく眠っていたが、あまりにも凄《すさ》まじい揺れのため、ついに眼《め》を開けてしまった。

後部の窓ガラスからは、もうもうたる土埃《つちぼこり》に霞《かす》んで前夜のような星空は見えなかった。だが、しばらくして体を起こし、前方を見て驚いた。運転席のガラス越しに、とてつもなく広い光の海が見えたのだ。

ここは小高い丘の上らしく、一直線に下っていく坂道の向こうに町の灯《ひ》があったのだ。私がこれまで通過してきたどこの町より広大で鮮やかなネオンが、秋の夜気を通してキラキラと輝いていた。その煌《かがや》きに、私は心が震えた。

何人かがまだ寝ずに起きていた。彼らの、嘆声にうながされて、眠っていた者たちもひとりずつ起きはじめた。そして、息を呑《の》んだ。

その光の海がテヘランだった。

だが、それからがまた大変だった。土埃を舞い上げながら走りに走り、ようやくテヘランの市内に到着した時には、夜はもう白々と明けはじめていた。

バスはここで三日ほど停まり、新たに客を集めてからイスタンブールに向かうということだった。このバスでさらに先に向かう者は、それぞれの懐《ふところ》の状況に合わせて宿を探し、三日後にここに集合することになる。私はまた乗合いバスで行くことになるだろう。彼らとはここでお別れだ。

バスを降りると、朝の風が冷たく快かった。弛緩《しかん》した体を引き締めてくれるようでもあった。ペルシャの朝の風は、そのモスクの屋根の色と同じように、深い蒼色《あおいろ》をしているようだった。乗客たちはその風の中を思い思いの方向に散っていく。

別れ際に、ロッテルダムの若者に声を掛けた。

「またいつか会おう」

すると彼はバスを指さしながらこう言った。

“From Youth to Death !”

恐らく彼は、このバスを「青春発墓場行」と名づけたのだ。

第十二章　ペルシャの風

シルクロードⅢ

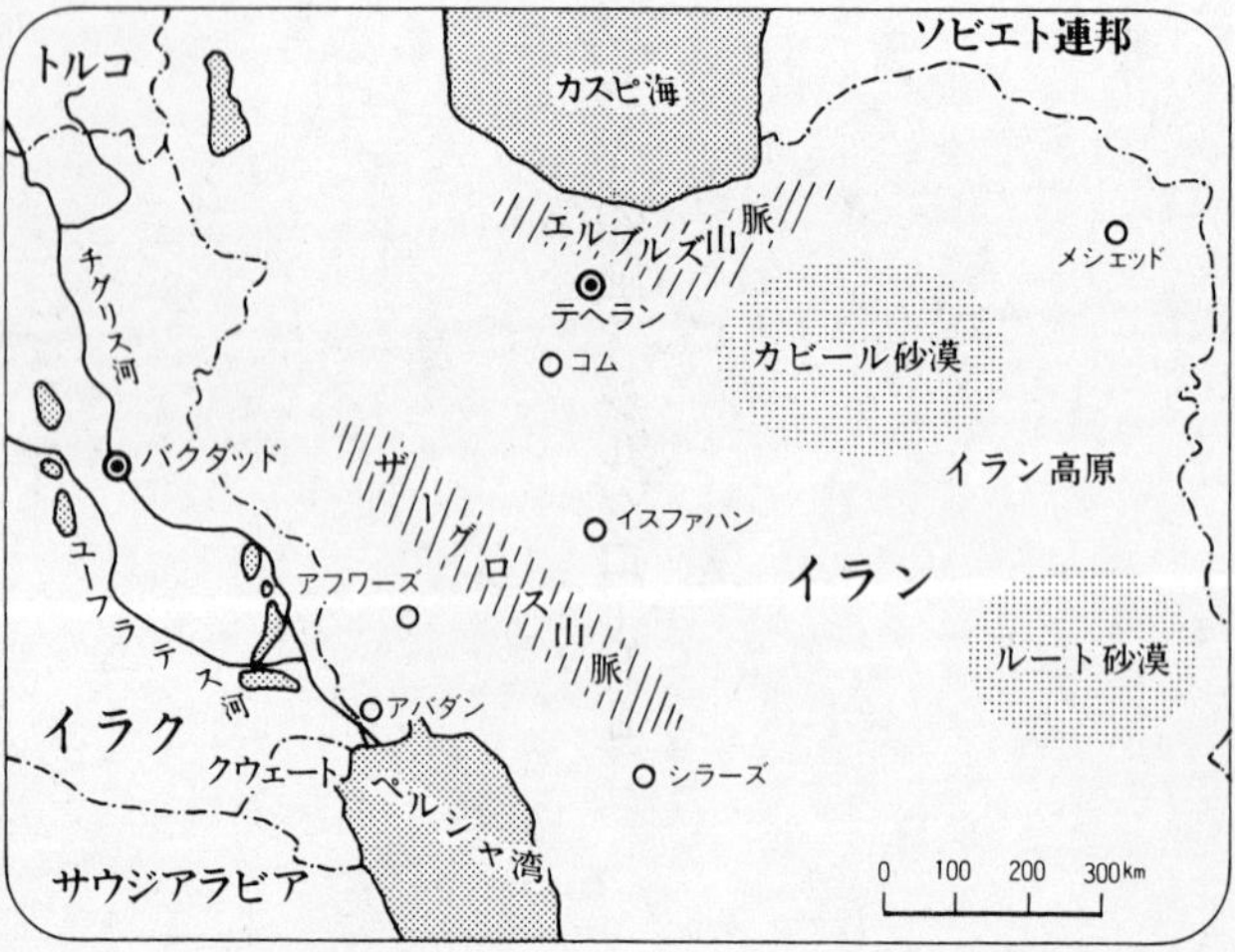

ソビエト連邦
トルコ
カスピ海
エルブルズ山脈
メシェッド
テヘラン
チグリス河
コム
カビール砂漠
バクダッド
ザーグロス山脈
イラン高原
イスファハン
ユーフラテス河
アフワーズ
イラン
ルート砂漠
アバダン
イラク
クウェート
ペルシャ湾
シラーズ
0 100 200 300km
サウジアラビア

1

アミール・カビール・ホテルはタイヤ屋の二階にあった。帳場でドミトリーのベッドの値段を訊《き》くと、三人部屋で百リアルだという。およそ四百五十円だ。ヨーロッパから下ってきた旅行者にとってはそれでも安く感じられるのかもしれないが、インドやネパールで一泊五十円、六十円という生活をしてきた者にはかなり高く感じられる値段だった。

アミール・カビールとは通りの名前だった。周辺は一種の安宿街になっており、他にもアリアとかツールという名の安宿が立ち並んでいた。いったんアミール・カビール・ホテルを出て、それらの宿で値段を訊《たず》ねたが、どこもすでに満員で空いているベッドはひとつもない、と断られてしまった。仕方なくアミール・カビール・ホテルに戻り、百リアルのベッドを借りることにした。

私はバスの長旅に疲れていた。できるだけ早くチェック・インをしてベッドの上で眠りたかったが、十時にならなければ空かないという。私は帳場の横の椅子《いす》に坐《すわ》り、ホテルに付属した食堂で買ったパンとミルクを食べた。

腹にいくらかでも食物が納まると少し元気が出てきた。そして、このテヘランで、とにかく急いでしなければならないことがあるのをあらためて思い出した。今日の夕方までに磯崎夫妻をつかまえなくてはならない。明日はもうテヘランを発《た》ってしまうだろう。日本からの連絡によれば、そういうことになっている。しかし、困ったことに、何というホテルに泊まっているのかさっぱりわからないのだ。

母親からの連絡によれば、先日、磯崎夫人から電話が掛かってきたのだという。近く小人数のツアーに加わってシルクロードの旅に出かける。最後はテヘランに行くことになっているので、できればそこでお会いしたい。旅先の息子さんに連絡できるのならその旨《むね》を伝えていただけないだろうか。そういうことだったらしい。だが、その際、母親は肝心なホテルの名を聞き落としてしまったのだ。聞き落としたというより、難しくて聞き取れなかったらしく、なんとかかとかというホテルに泊まるらしい、としか言ってよこさないのだ。なんとかというホテル、でそれこそなんとかなると思っている母親も母親だが、私もまた連絡を受けた当初はそれでなんとかなると考えていたのだから、どっちもどっちということになるのだろう。ホテルの名などわからなくとも、どうせテヘランなどにそう多くのホテルがあるはずもなし、日本人のグループが泊まっていないかと訊けば、すぐにでもわかるだろう。ところがどっこい、そんなわけにはいかなかった。テヘランはあの光の海にふさわしい大都会だったのだ。

アミール・カビールの親父《おやじ》に、テヘランにはホテルが何軒くらいあるかと訊ねると、百軒以上という答が返ってきた。百軒のすべてに電話をするわけにはいかない。さてどうしたものか。いくらかうんざりはしたが、めげている暇はなかった。とにかく、豪華な一食がかかっているのだ。

その時、ある考えが閃《ひらめ》いた。ことが食物に関したことになると、人間は思わぬ冴《さ》えを発揮することがあるらしい。

まず、私はこのアミール・カビール・ホテルに泊まっているかもしれない日本人を探しはじめた。

八時を過ぎ、軽い朝食をとる宿泊客が食堂に集まりはじめていたが、そこを覗《のぞ》き込むと東洋人らしい若者がひとりで坐っているのが眼《め》に留まった。その髪形といい、眼鏡のフレームの感じといい、明らかに日本人だった。彼の傍《そば》に歩み寄り、中近東のガイドブックのようなものを持っていないだろうか、と訊ねた。そして、できるだけ簡略な、もちろん日本語で書いてあるものが見たいのだが、と付け加えた。すると、彼は世界の主要都市の地図と簡単な案内事項が記されている本なら持っているという。

「その中に中近東の都市もいくつかは出ているけど……」

「テヘランは？」

私が訊き返すと、当然というように頷《うなず》いた。

彼が見せてくれたガイドブックは、私が最も見たいと望んでいた種類のものだった。通貨、気候、交通などといった情報が簡潔に記され、そのあとに宿泊という項目がある。そこには八つほどのホテルの名が載っており、高級、一級、一般の三つのランクに分けられている。そして、高級という欄には、ヒルトンとコモドアという二つのホテル名があげられ、電話番号が記されてあった。

私はコモドア・ホテルという名を見たとたん、これだなと閃くものがあった。なぜコモドアなのか、その推理の第一の根拠は、磯崎夫妻が参加しているツアーなのだから、美術家とか建築家とかのグループであろうし、いずれにしても高級ホテルに泊まるに違いない。第二に、日本ですでに予約を済ませてあるのだから、日本の旅行関係者に名前の売れているホテルだという可能性が強い。第三に、母親が聞き取れなかったような名前だから、聞き慣れない、いささかややこしい発音なのだろう。

そう考えてくると、日本で発行されているガイドブックに載っている、高級で、しかもいくらか難しい発音の名を持っているホテルということになり、そうだとすればヒルトンではなく、コモドアということになる。一度そう思いはじめると、いかにも夫妻が泊まるのにふさわしいホテルのような気がしてくるから不思議だった。

帳場の横の公衆電話からコモドア・ホテルに掛け、フロントに廻《まわ》してもらい、そちらに日本人でイソザキという人は泊まっていないだろうか、と訊ねた。宿帳でも調べていたのだろう、しばらく黙っていたが、やがてやけに陽気な男の声が返ってきた。

「オオー、ソサキ、一一七号室ニイルネ」

やった！　私は心中で快哉《かいさい》を叫んだ。俺《おれ》はなんて頭がいいんだろう。一発必中ではないか。私はフロントの男に、この電話をその部屋に繋《つな》いでくれないかと頼んだ。何度かベルを鳴らしてくれたが応答がない。

「ソサキ。イナイネ」

フロントの男が不思議そうに言う。恐らく朝食でも食べにいっているのだろう。よしそれなら今から直接ホテルに押しかけて驚かせてやれ、ついでに朝食も御馳走《ごちそう》になってしまえなどと思い、礼を言って電話を切った。

地図で見ると大した距離ではないように思えたが、いざ実際に歩いてみるとテヘランの街は途方もなく広く、パーレヴィ通りにあるコモドア・ホテルまで三十分以上もかかってしまった。

着いてすぐにレストランを覗いたが、それらしい姿はない。朝食を御馳走になるのは諦《あきら》め、私は直接一一七号室に行った。すると、なんということか、部屋はドアを開け放してメイドが掃除をしており、中には荷物のかけらもない。メイドにこの部屋の客はどうしたのかと身振りを交えて訊ねたが、どうしても理解してもらえない。困ったような顔をしてニコニコ笑っているだけだ。

フロントに引き返し、イソザキはどうしたと訊ねると、申し訳なさそうに言った。

「ソサキ、モウ出テイッテシマッタネ」

私はがっかりしてしまった。これで豪華な晩餐《ばんさん》の夢はもろくも崩れ去ってしまった。しかし、家からの連絡によれば明日まではテヘランにいるということになっていたはずだ。あるいは、母親が日にちを聞き違えてしまったのだろうか。そうでなければ、近郊のどこかに宿を移してしまったのかもしれない。いずれにしても、宿帳にはどこから来てどこへ行くのかということを記す欄があるはずだ。私がそれを見せてくれないかと頼むと、かわいそうに思ってくれたのか、フロントの男は快く広げてくれた。

彼が指差すところを見ると、日本人らしい几帳面《きちょうめん》なローマ字のサインが眼に入ってきた。ところが、そこには《SASAKI》とあるではないか。

「ササキ?」

私が思わず強い口調で訊ねると、彼がきょとんとした顔で答えた。

「イエス、ソサキ」

私は彼がソサキ、ソサキというのを聞いて、イソザキという発音ができないためと思っていたが、とんだ勘違いだった。彼はササキと言っているつもりだったのだ。

こんなところまで歩いてきたのに、まったくの骨折り損だった。ガックリしたが、次の瞬間、まだ他のホテルには磯崎夫妻はいる可能性があるのだから、むしろ喜ぶべきだということに気がついた。元気を出してもう一度トライし直してみることだ。

だが、どうしたらいいか。考えても名案が浮かんでこない。だからといってぼんやりしていても仕方がない。私はとにかく動くことにした。

コモドア・ホテルを出て、しばらく歩くと、幸運なことに日本航空の支店の看板が見えてきた。私はそこに飛び込み、テヘランのホテル・リストを見せてもらった。まずそれをすべて紙に書き移し、この中で日本人が泊まっていそうなホテルを教えてくれないかと頼んだ。日本人の男性職員が、面倒臭そうではあったが、ひとつひとつに印をつけていってくれた。

ヒルトン、コモドア、バナク、ロオダキ、アームストロング、ダイヤモンド、マジエスティック、キャラバン、ジバ……。

私はそのリストを手に公衆電話のボックスに駆け込み、印のついたホテルに順番に電話した。だが、どこにもいない。こうなれば自棄《やけ》だ。リストの上から下までテヘラン中のホテルに掛けてやるぞ。たとえ百番目にさえいなくとも、絶対に諦めないぞ。私は、そう自分を励まし、金を崩して大量のコインを用意した。

さて、とリストを見ると、一番はじめにアルヤ・シェラトンという名が載っていた。ほとんど何の希望も持たず、出てきたフロントの男性に、日本人でイソザキという人は泊まっていないかと訊ねると、彼はいともあっさりと答えた。

「イソザキなら、たったいま、帰ってきたところだ」

まさか、と思った。百軒も掛けようとしているところに、リストの最初に書いてあるからと掛けたホテルで、こんなに簡単に見つかるとはとうてい信じられなかった。何かの間違いではないのだろうか。さっきのこともある。私はあまり期待せず、「イ、ソ、ザ、キ」とゆっくり発音し、その彼が本当に帰ってきたのかと訊ねた。フロントの男は、その通りだと言う。私はまだ半分くらい疑いながら、彼を電話口に出してくれないかと頼んだ。一分ほどして、電話からなつかしい声が聞こえてきた。

「ハロー」

「もしもし」

私が日本語で言うと、相手も慌《あわ》てて日本語に切り換えた。

「あっ、もしもし」

間違いなく磯崎さんの声だった。イラン南部の古都イスファハンからシラーズに廻り、たったいま飛行機で帰ってきたところだという。そして、今夜はそのアルヤ・シェラトンに泊まるという。私はそれを聞き、一食の期待がつながったことで、ひどく現金な声を出してしまった。

「そいつは助かったなあ！」

安心したとたん、なによりも真っ先に訊ねなくてはならないことがあったのを思い出した。

「ところで、奥様もお元気ですか？」

磯崎夫妻とは、シェラトンのロビーで六時に待ち合わせることになっていた。普段は時間にあまり正確ではない私が、この時は二十分も前に着いてしまい、ロビーのソファで二人を待つということになった。ロビーには欧米の旅行者だけでなく、イランの上流階級に属すると思われる家族連れなどが華美な服装で歩いており、薄汚れたジーパンをはいた私などは肩身が狭かった。

五分ほど遅れて夫妻が降りてきた。私の姿を見つけ微笑を浮かべながら近づいてきた夫人は、しばらくじっと私の顔を見つめたあとで、挨拶《あいさつ》をするより早くこう言った。

「さあ、今夜はたくさんお上がりなさいね」

そのつもりで来てはいるが、それほどあからさまな欠食児童風の顔をしているのかと、いささかショックを受けた。

グランド・フロアーの豪華なダイニング・ルームに入り、席についてからようやく挨拶を交わした。以後、午前零時頃《ごろ》まで話は弾んだが、五分くらいたつと、夫人は思い出したように繰り返すのだった。

「さあ、たくさんお上がりなさいね」

料理は豪華だった。

中近東に入って以来、初めてお眼にかかる生野菜に始まって、本格的なコンソメ・スープ、カスピ海で獲《と》れたという鱒《ます》のムニエル、バフ・ステーキではない本物のビーフ・ステーキ、そして果物にケーキにアイスクリームにコーヒーと、私はとにかく必死に食べつづけた。

そもそも磯崎さんと知り合ったのは、三年前のことだった。ある日、ある時、ある人から、ハワイに行かないかと誘われた。ハワイへ一週間ほど行き、一日二、三時間、ある建築家と建築に関する雑談をする、というのが仕事の内容だった。要するにその建築家にボールをぶつけ、彼から何かを引き出す役を演じてくれないかということのようだった。東京のど真ん中にコンサート・ホールを造ろうとしていたその人物が、現代の文化施設には何が求められているかという、いわば建物以前の理念のようなものを探り当てるために、そのような贅沢《ぜいたく》なことを考えたらしかった。どうしてその仕事に私のような者を選んだのかよくはわからなかったが、当時は怖いものなしの時代だったこともあり、簡単に引き受けてしまった。ハワイがどうしたなどとうそぶいてはいたが、本当は一度行ってみたかったということもあった。その時の、壁となる相手の建築家というのが磯崎さんだったのだ。

その頃、私は磯崎さんがどのような人なのか、つまり中堅の建築家として尖鋭《せんえい》な仕事を発表しつづけ、若い建築家から熱い眼差《まなざ》しで見つめられており、他の文化領域の人々にも影響を与えつづけている、などということは少しも知らなかった。だから、実際にハワイに行き、ホテルの一室で、午後の二、三時間を雑談しながら共に過ごしている時にも、私は兄貴分の磯崎さんに対して、ずいぶん生意気なことを言っていたように思う。その私の勝手気儘《きまま》なおしゃべりを、磯崎さんは面白そうに笑って聞いてくれていた。

ちょうどその時期、磯崎さんはハワイ大学で集中講義をしていて、夫人の彫刻家、宮脇愛子さんも一緒に来ていた。ホテルでの雑談のあとは外に出てみんなで一緒に食事をしたが、夫人はろくに英語を喋《しゃべ》れない私に対して、タクシーでの目的地の告げ方やレストランでの料理の注文の仕方などの、ごく実戦的な言い廻しを丁寧に教えてくれた。

一方、私が夫妻に伝授できたことといえば、ホテルの裏の駐車場にあるゲーム・センターに連れていき、ピンボールやサッカー・ゲームなどのコーチをするくらいだったが、とりわけ磯崎さんは意外なくらい熱中し、毎晩遊びに行かなければならなくなってしまったほどだった。

ハワイでのその一週間は極めて楽しいものだった。それは必ずしも私だけの思いではなかったらしく、日本に帰ってからも夫妻とは何度も会っては食事を御馳走になるという関係が続いた。そして、この旅に出てくる直前にも、中華料理屋で歓送会を開いてくれていたのだ。

このシェラトンでの食事はいつも以上に豪勢だったが、なににも増して嬉《うれ》しかったのは日本語で心ゆくまで喋れることだった。

磯崎夫妻がこのシルクロード行に出てきたのは、以前、仕事で知り合ったどことかの企業経営者に誘われたからということだった。当然のことながら、年配の人が中心の、裕福なグループの旅であるため、私と同じようにパキスタンからイランへ陸づたいに来たといってもスケールが違っていた。ガンダーラの遺跡などもミニ・バスを仕立てて丹念に見てきたというし、私が行かれなかったマザリシャリフにも行ってきたという。

建築家としての磯崎さんが、この旅で見たかったもの、あるいは考えてみたかったことは、偶像について、ということだったらしい。つまり、何故《なぜ》イスラムの民だけが、キリスト教国にも仏教国にも必要だった偶像を拒絶できたのか。あるいは、偶像なしでやってこれたのか。偶像拒否の精神、偶像不在の建築とはどういうものなのか、ということのようだった。

磯崎さんがその夜してくれた話の中で、私にとって最も面白かったのは、マザリシャリフへ行った時のものだった。マザリシャリフからさらに奥に入っていくと、泊まるところといっても遊牧民の包《パオ》くらいしかない。

朝、まだ夜が明け切らない寒さの中で、突然、コーランが流れてくる。モスクの方角から朗々と聞こえてくるのだ。すると、包《パオ》を取り巻くあらゆる方角で、ありとある動物が声を上げはじめる。犬、鳥、ロバ、駱駝《らくだ》……。コーランの朗唱とともに叫ぶように声を上げる。

「するとね」

と磯崎さんは言った。

「不思議に人間というやつも、その動物たちのひとつにすぎないのだということが、よくわかるような気がするんだな」

私にもその時の磯崎さんの感動が伝わってくるように思えた。

夫人はテヘランに着いてからバスで行ったイスファハンが気に入ったようだった。そして、その話をしている途中で、さもおかしそうに笑いながら言った。

「あそこの子って、とても可愛《かわい》いのよ。こんな小さい子が、ホワット・アー・ユー・ゴー、なんて話しかけてくるのよ」

私は一緒に声を上げて笑いながら、その子供と私の英語力はほとんど変わらないなと思っていた。自慢ではないが、「ホワット・アー・ユー・ゴー」程度の英語なら、もう日常的に使っているのだ。

楽しく過ごしているうちに、瞬《またた》く間にレストランが閉まる時間になってしまった。バーに移ったがそこもすぐに追い出されそうになった。夫妻は明日の早朝にテヘランを発つという。名残り惜しくはあったが、夫人からどこそこに行ったら訪ねてみるといいという何人分かのアドレスを貰《もら》い、別れを告げた。

バーで呑《の》んだウオッカに気持が大きくなり、タクシーを奮発してアミール・カビールの我がホテルに戻ったが、着いて十分もしないうちに突然激しい便意を催してきて、慌ててトイレに駆け込んだ。情けないことに、久しく食べ慣れない御馳走の襲来にどうやら胃が恐慌《きょうこう》をきたしてしまったようだった。

2

例によって私はテヘランの町を歩き廻った。たまにバスに乗ることはあったが、ほとんどは徒歩だった。そして、あちらの通り、こちらの道と、何日も歩き廻った結果わかったのは、テヘランが想像以上の大都会だということだった。これまで通過してきた都会の中でも最大級のものだったように思える。

テヘランが広いことは、ヒッピー・バスの中で丘の上から町の灯《あか》りを見た時や、磯崎夫妻の泊まっているホテルを探し出す際に、いやというほど思い知らされていた。しかし、それが単に空間的な広がりや人口の多さというだけなら、これほど強くテヘランに都会を感じなかっただろう。バンコクも、カルカッタも、デリーも、決して小さい町ではなかった。テヘランは、単に規模の大きさだけでなく、都会としての独特の匂《にお》いを持っていたのだ。少なくとも、私の感覚上の都会に最も近かった。いや、近いというより、都会そのものといってよかったかもしれない。

舗装された道路には自動車が溢《あふ》れている。その両側の歩道には美しいプラタナスの並木が風に葉を落としている。そして、歩道に面して建っているビルディングは、ガラス窓の多いコンクリートの近代建築だ。

交差点の角にはサンドウィッチを売っている店があり、そこではビールを呑ませてくれる。コッペパンを半分に切り、中を少しくり抜いてソーセージを入れたもので、サンドウィッチというよりはホットドッグと言った方がいいが、とにかくそれはビールによく合った。

サンドウィッチを食べ、ビールを呑みながら道路にぼんやり眼《め》を向けていると、そのすぐ前で自動車の接触事故が起き、運転席から降りてきた二人によって喧嘩《けんか》が始まる。すると、あっという間に人垣《ひとがき》ができ、野次馬は決着がつくまで見物している。火事は見たことがなかったが、この喧嘩こそテヘランの華であるらしく、いい歳《とし》をした大人が町のあちこちで大声を出している姿を見かけた。その多くが、荒っぽい運転による自動車事故を発端としていた。

しかし、私がまず最初にテヘランに都会を感じたのは、ビルの姿や自動車の多さではなく、公衆電話のボックスだった。歩道にガラス張りの電話ボックスがあり、その中で若者が受話器を握っている姿を見かけた時、自分でも意外なほどのショックを受けた。

これまで通過してきた町では、公衆電話の存在にほとんど気がつかなかった。なかったはずはないが眼につかなかった。まして、そのボックスが道端のなんでもないところにあり、通行人がさりげなく電話を掛けているなどということはまったくなかった。考えてみれば、公衆電話を必要とするということは、電話の普及、一般化を前提にしており、それだけでもかなり近代化が進んでいるということを意味するのだろう。だが、私にとってはなによりその風情《ふぜい》が都会的に映ったのだ。

もっとも、私が公衆電話のボックスを見つけてショックを受けたのは、単にそこに強く都会を感じたからというだけでなく、ガラスの中で笑いながら話している若者を見た瞬間、そうだ、自分にはあのように話せる相手がこの町にはひとりもいないのだ、という思いに胸を締めつけられたためかもしれなかった。

私が泊まっていたアミール・カビール・ホテルから歩いて十分程のところに、映画館や芝居小屋が集まっている繁華な一角があった。

ある日、私は他の国にいる時と同じように、その国で作られた映画が見たくて出かけていったが、イラン製の映画を上映している小屋はどこにも見つからなかった。中に、日本の高倉健そっくりの男とペルシャ美人が描かれた大看板が掛かっている映画館があり、もしやと思ったが、それはイランを舞台にロケーションをしたらしい『ゴルゴ13』の映画だった。心がまったく動かないわけではなかったが、やはり見ないことにした。イランでは外国映画を簡単に吹き替えにしてしまうと聞いていたので、健さんもペルシャ語を喋らされているだろうと敬遠したのだ。

映画を諦め、ペルシャの寄席《よせ》といった趣の小屋に入ってみた。何をやっているのかさっぱりわからなかったが、ペルシャ語の西洋映画を見るよりは面白そうだった。三十リアルを払い、二階席に上がると、客席の様子がよく見えた。チャドルを身につけてはいるが、女性の姿が多いことが他の回教国とは違っていた。

舞台はすでに始まっており、奇術やコントやベリー・ダンスなどが次々に披露《ひろう》されていく。それらすべてが終ると、ドタバタの芝居が始まる。言葉はわからないが、大宮敏光がやっていた「デン助モノ」のような人情喜劇らしいことはわかる。それをぼんやり見ているうちに、自分が日本にいて浅草の小さな小屋で芝居でも見ているような気持になってきた。

その帰り道、アミール・カビール通りで人だかりがしているのにぶつかった。どうやら喧嘩ではないらしい。背後から首を伸ばして覗《のぞ》き込むと、坊主頭《ぼうずあたま》で筋骨たくましい中年男が上半身はだかになって芸をしようとしていた。

猿《さる》を使っての芸を簡単に済ませると、中年男は自分の体に鎖を巻きつけはじめた。その太い鎖を三重に巻きつけ、腕に力を入れて切るつもりらしい。もしそんなことができるとすれば凄《すご》い力だ。私も野次馬の仲間に入って見物を始めた。

やがて用意が完了した。

「ヤッ！」

力をこめるが鎖は切れない。だが、それは予定の失敗のようだった。中年男が周りの見物人になにごとか語りかけ、音頭をとるように煽《あお》ると、野次馬たちは声を揃《そろ》えて叫びはじめた。人の名のような、神の名のような、祈りというより呪文《じゅもん》に近い言葉だった。

「いま、＊＊＊の力を借りるから、皆の衆よ、一緒に大きな声で呼んでくれないだろうか」

中年男の言っていたのはそんな台詞《せりふ》だったと思われる。

もっとも、この呪文、誰にも霊験あらたかというわけにはいかないものらしく、哀れ中年の鎖切り男にはその神も助力を惜しんだようだった。

「＊＊＊！」

全員の合唱のあとで、彼は再び全身に力をこめた。

「ヤッ！」

だが、鎖はびくともしない。

私は、この二度目の失敗も演出の一部なのかと思った。だが実際は予定外のことだったらしく、中年男に前回の失敗の時にはあった余裕がなくなっている。彼はもう一度、見物人に呪文を唱えてくれるよう要請した。

「＊＊＊！」

男は見物人のその声に励まされるようにして力をこめた。

「ヤッ！」

しかし、鎖は男の腕に深く食い込むばかりで、びくともしない。軽く力を入れればプップツと糸のように切れる、などという奇跡は起こりそうもなかった。彼は仕方なしに鎖を解くと、切れやすいように間隔を空けて巻き直しはじめた。

彼も、かつてはズール・ハーネの未来ある若者だったのかもしれない。ズール・ハーネとは、「力の家」を意味する言葉で、イランに古くから伝わるボディ・ビルの道場のようなものだ。イランが、柔道の日本やサンボのソ連と並んで国際的なレスリング王国たりえたのも、このズール・ハーネの伝統があったからだといわれている。イランの素質ある若者たちはこのズール・ハーネで体を鍛え、力をつける。

しかし、アミール・カビールの大道で鎖切りをしようとしているこの中年男は、秋の夕暮れの空の下で冷汗に近い汗を流して奮闘している。

「ヤッ！」

まだ切れない。

これが一回で切れたりなどすれば、鎖に細工がしてあるのではないかと疑ったに違いないが、これほど切れないとどうでもいいから成功させてやりたいという気分になる。

どれだけ失敗しただろう。何度目かの巻き直しのあとで、ようやく一本がブツッと不景気な音を立てて切れた。残りはなかなか切れず、最後の鎖が体を離れたのは、最初の一本が切れてから十五分以上もあとのことだった。

鎖が切れると人垣が崩れた。私はそのあとで薬でも売るのかと思っていたが、男のすることはそれで終りだった。力自慢の芸にしてはあまりにもオソマツだったが、それでも見物人からは何枚かの硬貨がバラバラと投げ入れられた。男は、重い足取りで、散らばった金を拾い集めていたが、その背には、いかにも中年の疲れと衰えが滲《にじ》み出ているようだった。この芸だけが生活の糧《かて》だとすれば、彼のこれからの人生もかなり厳しいものになるに違いない、とつまらないことまで心配になった。

日はそろそろ暮れそうになっていた。

人々は急ぎ足で家路につき、空には明るい星がひとつ輝いている。その時、私は不思議な感情に見舞われた。東京の、新宿の裏通りの一角が眼に浮かんでくるや、いま、すぐ、あそこにある、あの曲がり角を曲がってみたいという欲望が湧《わ》き起こってきたのだ。私にとって、新宿という町も、その曲がり角も、特別に意味のある場所ではなかった。理不尽な欲望だということは自分でもよくわかっていた。磯崎夫婦と会ったために、妙な里心がついてしまったようだった。

五日ほどうろつき、あるていど都会の匂いを吸って満足すると、テヘランはもう沢山という気分になってきた。単純に言ってしまえば、飽きがきてしまったのだ。それはなによりも、バザールが退屈なせいだった。中近東最大といわれる規模を持つテヘランのバザールは、しかし私のような旅人を惹《ひ》きつける魅力に欠けていた。

確かに巨大だった。アーケードの中に網の目のように通路が走っており、その両側に膨大な数の店が並んでいる。生地《きじ》屋《や》、履物屋、金物屋、雑貨屋、絨緞《じゅうたん》屋《や》、骨董《こっとう》屋《や》。だが、とにかく眼につくのは、貴金属を扱う店だ。昼間から暗いバザールの中で、柔らかい光を放つ電球を溢れんばかりにつけ、宝石類や金製品を店頭に並べている。イランでは、金の細工物とトルコ石がとりわけ有名といわれるが、それらの指輪やネックレスやブレスレットが、黒や紺や赤のビロードの敷物の上で、美しく輝いている。

しかし、余分な金のない私のような旅人にとってはトルコ石の指輪も金のブローチもまるで縁がなく、向こうもこちらの風体を一瞥《いちべつ》するだけで声を掛けようともしない。乾物屋の店先の香辛料の匂いがバザール中を覆《おお》いつくし、五分もぶらついていると服に沁《し》み込んでしまうが、ただそれだけのことだ。テヘランのバザールは市場としての面白さがなかった。それは、ペルシャ人のとりつくしまもないような無愛想さと、なま物を置いていないせいかもしれないとも思った。

私はテヘランを出発したくなってきた。

テヘランから西へ向かう道としては二つのルートが考えられた。ひとつはそのまま西進してトルコの国境からエルズルムへ向かうルート、もうひとつは南下して、シラーズからペルシャ湾岸に出てクウェートに渡るルート。クウェートから先は、アラビア半島を斜めに突っ切りレバノンに出て、トルコに上っていく。どちらにしてもアンカラからイスタンブールに向かうルートに合流していくのだが、その過程はかなり違う。しかも、トルコ・ルートには何も問題はなかったが、クウェート・ルートにはビザの障害があった。テヘランのクウェート大使館では、とうてい短時日にビザをくれそうになかったし、その先の国々も簡単にビザを発給してくれそうになかった。だができることならアラビア半島を横断してみたかった。私は砂漠《さばく》を見たかったのだ。

私もこれまでいくつかの砂漠を通過してこなかったわけではないが、それらはすべて砂漠とは名ばかりで、ただ石や岩が転がり、駱駝草がはえているだけの荒地にすぎなかった。しかしアラビア半島には、そのような砂漠とは本質的に違う、デビッド・リーンが『アラビアのロレンス』で描いたような、砂が風に舞い、かげろうが揺らめき、人の歩みを吸い込んでしまいそうな、極めて魔的な、砂の海としての砂漠があるはずだった。

迷った末に、ある晩、私はペルシャ湾岸に向けて出発した。アバダンまで行けばそこにあるクウェート領事館でビザが下りるかもしれないという噂《うわさ》を聞いたのだ。駄目《だめ》でもともと、ビザが手に入らなければシラーズ見物をして戻ってくればいい、と思い決めた。

3

ミーハン・バスのシラーズ行きに乗ったのは、午後八時だった。見たこともない風景の土地を、深夜にバスで行くなどというのは、相当に馬鹿《ばか》ばかしいことに違いなかった。しかし、やはり景色より一泊分の宿賃を浮かすことの方が重要だった。

ミーハン・バスはイランでも中級の上といった程度のクラスのバス会社だったが、想像していた以上にいい車を使っていた。外見からしても、これまでインドやパキスタンやアフガニスタンで乗っていたバスとはだいぶ違っていたが、中に乗り込み、指定された番号の座席に坐って、さらに驚かされた。なんとリクライニング・シートになっていたのだ。しかも、内部を見渡すと、運転手の斜め上のところには小型のテレビまで据《す》えつけられているではないか。

驚くのはまだ早かった。これまでのバスにも、運転手以外に、客の手荷物を扱う助手のような男が一緒に乗ってくることはよくあった。バスの胴の部分が空洞《くうどう》になっていて、そこに荷物を入れるばかりでなく、屋根の上にも載せなくてはならない。そうでもしなければ、五十人からの客の大荷物を運ぶことはできないからだ。どうしてもその荷物の上げ下げをする男が必要になる。

だが、このミーハンのバスには、その荷物係とは別に、客のサービスを専門にする若者が乗っていたのだ。バス・ガールならぬバス・ボーイというわけだ。

バスが走り出すと、そのバス・ボーイが小さな箱に飴《あめ》を入れて客席を廻《まわ》りはじめる。乗客のイラン人は嬉《うれ》しそうにその中から飴を取る。箱を覗き、どれにしようか考え、二つでやめようかもっと取ろうか迷い、ようやく決断して箱に手を伸ばす。

しばらくすると、バスはチャイハナで停車した。休憩にしては少し早すぎると思っていると、バス・ボーイが飛び降り、コーラの入った木箱を運び入れた。三箱ほど運ぶと、バスはすぐ発車した。

コーラを仕入れ、車内で販売するとは気が利《き》いている。だが、もちろん、それを私が買うかどうかは値段しだいだ、などと考えながら見ていると、バス・ボーイは一本ずつ乗客に配りはじめた。つまり、それは最前の飴と同じく、サービス用のものだったのだ。私は、英語とペルシャ語でコカコーラと書かれている、どこか女体を思わせる万国共通の瓶《びん》を受け取りながら、これで三百リアルなら、決して高くはなかったなと思っていた。

中近東では、だからイランでは、あらゆることが交渉で決まると聞かされていた。物の値段ひとつ、宿の料金ひとつ決めるのにも、交渉しなくてはならない。慣れないうちは億劫《おっくう》だったが、時間を使う覚悟さえすれば、それはそれでけっこう楽しいものなのだということがわかってきた。

交渉で決まるのはバスの料金も同じである。私はこのシラーズ行きの切符を買う時も、腰を据《す》えて交渉した。バス会社の男は三百三十リアルだと言う。こちらはいつものように粘ったが、まったくまけようとしない。私も、脅したり、すかしたりしたが、つまり、大声を出したり、それなら他のバスに乗るぞと帰るふりをしたりしたが、その日は乗客が多いらしく、バス会社の男は強気一点張りだった。そこで、やむなく、三百リアルで手を打っていたのだ。

コーラを飲み、乗客もいくらか旅立ちの興奮が鎮《しず》まってくると、バス・ボーイはテレビをつけた。白黒だが、意外に鮮明に映る。どうやら、番組はアメリカのテレビ映画のようだった。車椅子《くるまいす》に乗った恰幅《かっぷく》のよい男性が主役のドラマ。そうだ『鬼警部アイアンサイド』に違いない。ペルシャの平原のど真ん中でアイアンサイドと出会うということが面白く、しばらくは熱心に顔を向けていたが、ペルシャ語のためほとんどわからず、途中で見るのを諦《あきら》めた。

車内のサービスは、飴とコーラとテレビだけではなかった。乗客が喉《のど》が渇いたといえば、アイス・ボックスのなかの水筒から水を汲《く》み、寒いといえば運転手にそれを伝えにいき、暑いといえばまたそれを伝えにいく。それはすべてバス・ボーイの役目。このバス・ボーイ、年の頃《ころ》は十七、八で、とても利発そうな顔立をしている。彼は別に制服を着ているわけではなく、どちらかといえばくたびれた私服をきているだけなのだが、その仕事振りからすると、飛行機におけるスチュワーデス、あるいはスチュワードの役割を果しているともいえる。存外、イランのこの乗客たちにとっては、この長距離バスが飛行機と同じ意味を持っているのかもしれない。そう考えてくると、すべてが納得できる。乗客の興奮も、ただ長い旅に出るからというばかりでなく、このような乗物に乗った、乗れたということにもよっていたのだろう。

夜、寒いといけないと思い、ザックからは寝袋を出しておいたのだが、必要のないくらい暖かかった。暖房のためなのか、南に下っているためなのか。私はいつの間にか気持よく眠ってしまっていた。

不意に冷たい空気が流れ込んできて、眼《め》が覚めた。

朝になっていた。バスがチャイハナのようなところに停《と》まっている。時計を見ると、まだ六時だ。朝食にはまだ早すぎる。窓の外では、バス・ボーイがまた箱を車内に運ぼうとしている。今度はオレンジ・ジュースだ。六時半頃、乗客がほとんど起きたのを見計らって、クッキーと一緒にそのジュースを配る。まさにイランのバスはいたれりつくせりのサービスぶりだった。

外の景色は、緑のない山地と緑のない平原が果てしなく続く。その一本道をバスはかなりのスピードで飛ばしていく。

やがて丘の上から緑のある町が見えると、それがシラーズだった。テヘランから十五時間、予定通り午前十一時に到着した。

町に着いてまず最初にしなくてはならないことは、安くて、いくらかは心地のよい宿を探すことだ。それはこのシラーズに着いても変わらない、私にとっての恒例の行事のようなものだった。しかし、いつもなら一円でも安い宿を求めて何軒も値段を訊《き》いて廻るのだが、その時の私はさすがに十五時間もバスに揺られつづけていたために、できるだけ早く背中のザックを降ろしたくなっていた。そこで、一発で決めようと思い、バスの発着所から安宿街とおぼしき方向に歩いていくと、すぐにその一角にぶつかった。そのうちの一軒に目星をつけ、入っていくと、私の勘は冴《さ》えていたらしく、七十リアル、約三百二十円で快適そうなドミトリーの部屋が見つかった。

そのドミトリーは、ベッドがいくつも並ぶ大部屋ということにおいては他のホテルと大して変わりはなかった。しかし、ガラス窓を通して陽光がいっぱいに差し込んでくる。昼間のせいもあったのだろうが、これまで泊まってきた暗くじめじめしたドミトリーと違って、まるでサンルームのような明るさだった。

快適なのはそれだけではなかった。宿には共同のシャワー室があり、なんとそのシャワーからは温水が出たのだ。しかも、通常のヒッピー宿は金を入れなければシャワーの水が出ない仕組みになっていたが、ここはまったくの無料だった。

たったそれだけのことに私は有頂天になってしまった。いや、そうした些細《ささい》な喜びがこのようなつましい旅を続けさせる原動力になっていたのだろう。私はさっそく長旅の埃《ほこり》を落とすべくシャワーを浴びに行った。広いシャワー室にはもちろん私ひとりで、そこにも明るい陽光が差し込み、窓ガラスの向こうにはモスクの蒼《あお》い屋根が見える。久し振りの温泉気分に浸りながら、私はいつまでもシャワーを浴びていた。

ドミトリーには先客はひとりしかいなかった。金髪の白人の若者だった。私が初めて部屋に入っていった時も、シャワーを浴びに出ていく時も、ベッドに横たわったままだった。彼もまた長旅に疲れてぐっすり眠っているのだろうと思っていたが、シャワーから戻って洗面道具を片づけていると、突然、苦しげな咳《せき》が聞こえた。振り向くと、彼が眼を開いてこちらを見ているのに気がついた。

「やあ」

軽く挨拶《あいさつ》をしたが、返事はなかった。聞き取れなかったのか、あるいは返事をしたくないのか。いずれにしても、体がかなり弱っているようだった。私も少し疲れていたので、夕方までしばらくベッドで休むつもりだったが、ひとりにしておいてやろうと思い、部屋を出た。

イラン人にとってシラーズとは、詩とバラの美しい古都、ということになるらしい。そう言っているのはなにもイラン人だけでなく、たとえば、二十一歳の時、その五十年に及んだアジアへの第一歩を踏み出したスウェン・ヘディンのような人も、確か「シラーズは疑いもなくペルシャで最も美しい都市である」と書いていたはずである。しかし、私には格別どうというところのない、平凡な町のように思えた。この町にあるのは、南の国には珍らしい澄んだ空気と深い青空くらいではないか、という気さえした。

特にどこへ行くというあてもなかったので、まずバザールに行ってみた。だが、古都シラーズのバザールは期待はずれだった。通路の天井には光採りの穴が開いており、その自然採光にだけ頼った薄暗い内部の雰囲気《ふんいき》はなかなか趣のあるものだったが、個々の商店にまったく魅力がなかった。

町にはほとんど観光客の姿が見えなかった。観光客ばかりでなく、人通りそのものが少ない。午後の強い光の中で、バザールの空気のように、町の空気もけだるく淀《よど》んでいた。

モスクの屋根の美しい蒼に導かれて、シャー・チェラグと呼ばれる廟《びょう》へ行った。しかし、屋根のタイルは見事だったが、改修中のため建物全体が木の骨組みで覆われており、雑然とした印象の外観になっていた。

子供の遊び場と化しているような廟の前の広場でぶらぶらしていると、兄妹《きょうだい》らしい四、五歳の二人が傍《そば》に寄ってきた。笑いかけると、二人も恥ずかしそうに笑い返す。もう少し大きい子供なら、なんとかペルシャ語の単語を並べて意思の疎通《そつう》をはかるのだが、あまりにも幼なすぎて笑いを交わすことくらいしかできない。ただ、彼らが私に興味を持っていることはわかり、彼らも私に悪意のないことは理解できるらしい。

その時、肩から下げた小さなバッグの中に、フィルムが入ったままのカメラがあるのを思い出した。コンクリートの上に腰を下ろし、私がカメラを向けると、二人は嬉しそうな照れたような笑いを浮かべながら気をつけの姿勢を取ってくれた。シャッターを切ってもまだその姿勢を続けている。もういいんだよと頷《うなず》くと、ホッと息をついて力を抜いた。それだけのことだったが、彼らとの間にほんの少し温かいものが通い合ったように思えた。どんな美しい風景を見ても写真に撮ろうという気は起こらず、バッグの中で空《むな》しく埃をかぶっていたカメラだったが、久し振りに役に立ってくれたようだった。

夕方になり、宿に戻ったが、白人の若者は薄暗い部屋の中で、依然として横たわったままだった。眠ってはおらず、眼を開けている。

部屋には、こうしたドミトリーには珍らしく、片隅《かたすみ》に机と椅子があり、私は夕食までの一、二時間をそこで手紙でも書いてつぶすことにした。アエログラムを取り出し、ボールペンを走らせはじめたが、背後の若者の視線が気になり、どうしても集中できない。私は手紙を書くことを諦めた。二人だけで無言でいるのも気詰まりで、私は彼に話しかけた。

「どこから来たの?」

「ロンドン」

彼は放《ほう》り投げるような口調で短かく答えた。私はさらに訊《たず》ねた。

「これからどこへ？」

「パキスタン」

アフガニスタンへは寄らず、ここからペルシャ南道を通ってザヘダンに向かい、直接パキスタンに出るつもりなのだろう。私が通ってきたアジア・ハイウェイに比べると、かなり体力が必要なルートのように思える。肺の奥から絞り出すような咳をするその体で、うまく国境を越えていかれるのだろうか。しかし、彼が「それで君は」と訊いてこない以上、話は継ぎ穂もなくそこで途切れてしまう。また沈黙が訪れ、私はそれに耐えられなくて、ふと頭に浮かんだことを深く考えもしないまま口に出してしまった。

「アドレスでも交換しないか」

だが、そう提案すると、彼は冷ややかな眼で私を見て、言った。

「僕たちはさっき会ったばかりだ。アドレスを交換するほど親しくなってはいない」

彼の言う通りだった。

私がそのようなつまらないことを口走ってしまったのは、ドミトリーでは同じ部屋に泊まり合わせるとどちらからともなくアドレスを交換するという習慣のようなものがあったからだ。互いに訪れることなどないことはわかっているが、そうすることで心理的な壁が取り払われ、いくらかでも親しくなれたような気がしてくる。たとえそれが錯覚でも、大部屋で一緒に暮らすには必要な錯覚だった。しかし、俺《おれ》たちはアドレスを交換するほど親しくなっていない、という彼の意見はまったくの正論だった。考えてみれば、会ったばかりの相手とアドレスを交換しようなどというのは、あまりにも軽薄な行為だった。私は自分の調子のよさを指摘されたようで恥ずかしくなり、少し早かったが夕食をとるため再び部屋を出てしまった。

帳場の前を通り抜ける途中で、宿の親父《おやじ》と顔を合わせた。私はアラブ各国のビザのことを訊ねてみた。アバダンでクウェートやイラクのビザは取れないだろうか、あるいはそれらの国は入国してから発給してはくれないだろうか、と。すると親父は自分にはよくわからないが、その方面に詳しい役人に知り合いがいるから、聞いておいてやろうと言ってくれた。そうしてくれれば、アバダンまで行った揚句に引き返す、などという面倒なことをしなくてすむ。

それでは食事に行ってくるからと言いかけて、ドミトリーの先客のことが気になって訊ねた。

「彼は、もしかしたら病気なの？」

「そうらしい。ああして一週間も寝たきりなんだ。宿代はきちっと払ってくれているけど、ろくに食事もしていないようなんだ」

親父が困惑したように言った。

シラーズの繁華街は、山手と下町とでもいうようにはっきり別れていた。バザール近辺の、下層の市民のためのエリアには、肉の炒《いた》め物や豆の煮物、あるいはカバブやチャイを商う露店が出ていて、人々は道端に腰を下ろしてそれを食べている。一方、上層の市民のためのエリアには、きらびやかなショー・ウィンドウのある商店や映画館が並び、レストランやケーキ屋まである。洋服屋を覗《のぞ》いてみたが、イランの人々はこのような値段のものを本当に買えるのだろうかと心配になるくらい高かった。

私はしばらくぶらついてから、バザールの近辺でカバブとヌンとチャイで夕食を済ませ、帰りにブドウを半キロほど買った。

部屋に戻り、そのブドウを寝たきりのロンドンの若者に渡そうとした。すると、彼は暗い眼で私を見つめ、いらない、と強い口調で言った。熱心に勧めたが、どうしても受け取ろうとしない。しかし、彼が夕食をとった形跡はない。私は勝手にその紙包みを枕元《まくらもと》に置いて、自分のベッドに入ってしまった。彼がなぜ食べようとしないのか、その拒絶の理由は定かではなかった。ただ、人からの同情を拒絶することで、心身ともに危うく崩れそうな自分を、どうにか持しているということだけはわかるような気がした。

翌朝、起きてみると、彼の枕元のブドウがすっかりなくなっている。私と眼が合うと、彼はバツがわるそうな表情になり、ありがとう、と言った。

その日もシラーズの寺院や廟をぶらつくことで一日を過ごした。イランの最も有名な詩人の墓であるサーディー廟へ行き、古いマスジット・ナウ寺院へ寄ってから、またシャー・チェラグ廟へ行った。相変わらず境内は雑然としているが、子供たちが走り廻っている姿を見ているだけで、心が和んでくる。

モスクの前で腰を下ろし、日陰で強い陽差《ひざ》しを避けていると、そこに東洋人の旅行者がやって来た。どうやら日本人らしい。この町で日本人の旅行者に出会うということが意外で、思わず無遠慮な視線を向けてしまった。服装からするとヒッピーではなさそうだったが、年齢も青年というほど若くはない。私が見つめていると、向こうから話しかけてきた。

「日本の方ですか？」

私は頷いた。それを切っ掛けに言葉を交わしたところによれば、彼は十年ほど勤めていた学校を辞め、三カ月の予定で旅に出てきたのだと言う。空路ヨーロッパに向かう途中、バンコク、ボンベイ、テヘランと途中降機して、古い遺跡を見て廻っているのだとも言った。昨日ペルセポリスを見てしまったので、今日のうちにテヘランに戻り、そのままアテネに向かうのだと言う。

彼は、たとえ数週間前のものであっても私にとっては新鮮この上ない日本のニュースを、面倒がらずにいくつも聞かせてくれた。自民党の内紛について、プロ野球の順位について、歌謡曲のヒット・チャートについて、本のベスト・セラーについて……。

「そうだ、本を交換してくれませんか」

私がいきなり言うと、彼は意味がわからなかったらしく、首を傾《かし》げた。

「交換？」

長く日本を離れる旅を続けていて、まず何よりも恋しくなるのは日本語である。少なくとも、私にとっては食事よりも言葉であり、活字だった。そこで、ヨーロッパからインド方面に下ってくる日本人とどこかの町で擦れ違うと、誰かに貰《もら》ったもののすでに読み終ってしまった本を、相手の持っているやはり不要になった本と交換してもらうことにしていた。その多くは推理小説か時代小説だったが、新たに本を手に入れることができた日は、公園の木蔭《こかげ》やチャイハナの片隅で一日たっぷりと楽しむことができた。もっとも、テヘランで山本周五郎の『さぶ』を貰った時は、一頁《ページ》目を読んだ

翌朝、宿の主人に、ビザの件はどうだったと訊ねると、やはり無理なようだという答が返ってきた。クウェートのビザを取るためには、アバダンでもそう簡単にはいかず、何日も足止めされることになるだろうという。ビザなしで渡ってしまうという手もないことはないが、クウェートは原則として入国後のビザの発給を認めていないので、かなりの危険を覚悟しておかなければならない。しかも、イランとイラクの国境は閉鎖されているらしい、という。

私はシャー・チェラグ廟で考えた。無駄足《むだあし》を覚悟で一応ペルシャ湾岸に出てみるか、それともここでターンしてテヘランに戻り、エルズルムに向かうか。

結論を出せないまま、その日はチャイハナでチャイを飲みながら、貰ったばかりの『ペルシャ逸話集』を読んだりして漫然と過ごした。

その夜、食事から戻り、いつものように同宿のロンドンの若者にブドウを手渡すと、彼の方から口を開いた。

「君はどこへ行くんだい？」

「…………」

唐突な質問に答えられないでいると、彼はさらに付け加えた。

「ここからさ」

その瞬間まで、俺はいったいここからどこへ行ったらいいのだろうと迷っていたが、そう訊ねられて不意に決心がついた。

「イスファハンからテヘランに戻る」

「いつ？」

「多分、明日には」

「そうか……」

若者はしばらく黙っていたが、やがて少し照れたような笑みを浮かべて言った。

「アドレスを交換しようか」

別にブドウを貰ったくらいで無理することはないと言おうとしたが、彼が枕元の小さなバッグからボールペンを取り出し、紙の切れ端に書きはじめているのを見て、私も同じようにした。紙片を受け取ると、彼の名前とロンドンの住所、それに電話番号が記されていた。

次の日、バス会社に行って、イスファハン行きの切符を買おうとすると、昼間の便はすべて売り切れていて、夜の便の席しかないという。行きも帰りも風景をよく見られないのは残念だったが、とにかくここに留《とど》まっていても仕方がない。それならと、夜行の切符を買うことにした。

夕方、町から戻り、部屋で荷造りをしていると、ロンドンの若者が、私に言った。

「行くのかい」

「うん」

私が答えると、彼はひとり言のように呟いた。

「一緒に行こうかな……」

一瞬、聞き違いかなと思った。だが、彼はもう一度繰り返した。

「イスファハンに行こうかな……」

だが、私はその台詞《せりふ》を聞かなかったことにして、荷造りを済ませ、部屋を出た。扉《とびら》のところで振り返り、さようなら、どこかでまた、と挨拶《あいさつ》すると、彼は心もとなげに微笑を浮かべ、また、と応じた。

私はひとりイスファハン行きの夜行バスに揺られながら、しだいに気が重くなっていくのを感じていた。私はあの若者を見棄《みす》ててしまったのではないか。助けを求めているのに、それを無視して置き去りにしてきてしまったのではないか……。

いや、そんなことはない。あれは単なる行きずりの人にすぎないのだ。そう思おうとするのだが、彼の心細そうな表情が眼《め》の前にちらつき、胸の奥が疼《うず》き出してきた。

明らかに彼は私を頼ろうとしていた。私はそれをわかっていながら黙って出てきてしまった。どうせ置き去りにするくらいなら、初めから何もしてやらなければいいのだ。そう思った瞬間、私は自分がいつもあのようにして人から離れてきてしまったような気がして、さらに暗い気持になった。

4

イスファハンは静かな美しさに満ちた古都だった。

日本人は「イランの京都」と呼ぶ。しかし、その譬《たと》えは、偉大なるダリウスの末裔《まつえい》に対して礼を失したものであるかもしれない。かつてイスファハンは「世界の半分」と謳《うた》われ、百六十二のモスク、千八百二の隊商宿、二百七十三の浴場を持ち、西アジア中の富が流れ込んでいたといわれるほど壮大な都だったのだ。現代では往時の様を想像することは難しいが、世界で最も美しいモスクのひとつに数えあげられているマスジット・イ・シャーが、サファーヴィー朝の賢帝アッバスの勢威をいまに伝えているという。マスジット・イ・シャーとは「王のモスク」の意だという。

午後八時にシラーズを出発したバスは、早朝四時半にイスファハンに着いた。乗客たちはまだ暗い夜道を思い思いの方角に散っていく。私はどこに行くというあてもなく、ひとまず停留所の隣にある終夜営業のチャイハナで熱い紅茶を飲むことにした。そのチャイハナにはラジオが流れており、ペルシャのディスク・ジョッキーが盛んに喋《しゃべ》っている。日本でも深夜のラジオ番組にトラックやタクシーの運転手などを相手に歌謡曲を流すものがあるが、同じようにこの番組の喋り手も女性だった。

宿を探すには早すぎた。夜は明け切っておらず、バスの客が家路についたあとでは通りに人影がまったくなくなってしまう。私は「王の広場」にでも行ってみようかなと思った。夜明けの光の中で「王のモスク」を見てみようという気になったのだ。

だが、バスの停留所はかなり町のはずれにあったらしく、三十分歩いても「王の広場」に出ない。くたびれ果て、広場もモスクもどうでもいいと思えはじめる頃、突然、家々の屋根の向こうに蒼《あお》いモスクのドームが見えてくる。それが「王のモスク」だった。

「王の広場」はガラーンとしていて、ただ老人が二人で掃除をしているだけだった。私は広場の中央に腰を下ろし、しだいに明るさを増していく朝の光の中で「王のモスク」が輝きはじめるまで眺《なが》めていた。そのドームは、単にブルーとだけでは表現しつくせない幾種類かの鮮やかな蒼のタイルを組み合わせ、全体として砂漠《さばく》の冷気とでもいうべき冴《さ》え冴えとした雰囲気《ふんいき》をかもし出していた。

「王のモスク」の近くにはロトフラー寺院がある。「王のモスク」が男性的な鋭さ、冷たさ、強さを表現しているものとすれば、このモスクのドームは暖かいクリーム色と柔らかい曲線をもった、まさに女性そのものを象徴しているかのようだった。眺めていると、心がゆるやかに溶けていくような気がした。

ドームの幾何学的な文様を見つめているうちに、いつしか眠ってしまったらしい。寒い、と感じて眼を覚ました。しかし、陽はドームばかりでなくこの広場にも差し込みはじめていた。時計を見ると七時だった。そろそろ宿を探しにいこう、と立ち上がった。

私はテヘランで手に入れた地図を片手に、安宿がありそうな界隈《かいわい》の見当をつけてから歩き出した。ところが、その地図が信じられないほどの欠陥マップで、行けども行けども目的の場所に辿《たど》り着かない。ザックの重さと地図作成者のいい加減さを呪《のろ》いながら歩いていると、通りに面した一軒の店に人だかりがしているのに気がついた。はじめはパン屋だろうと思った。焼きたてのパンを買うために並んでいるのだろう。しかし、そこはパン屋ではなく、電機屋だった。その店の前に、学校に登校する途中の少年たちが群がり、テレビを見ていた。

イランでもこんなに早くからテレビを放送しているのか、と意外に思いながら通り過ぎた。だが、通り過ぎた瞬間、もしや、と閃《ひらめ》くものがあった。引き返し、少年たちの頭越しにテレビを覗き込むと、まさにその「もしや」が的中していた。

ショー・ウィンドウに飾ってあるテレビはかなり古ぼけており、画像が不鮮明なだけでなく、半分に切れた画面の上下が逆さに映るというひどい代物だった。

しかし、その中に、アリとフォアマンがいたのだ。ペルシャの少年たちが必死に見つめているテレビ受像機の中には、闘うモハメッド・アリとジョージ・フォアマンがいた。その日が、アフリカのザイールで行われることになっていた、世界一強い男を決める「世紀の一戦」の当日だったのだ。旅をしている間にすっかり忘れてしまっていたが、ザイールのキンシャサで夜と朝の境目で開始されることになっていたあの闘いが、同時中継でイランにも送られ、子供の登校時間に放送されていたのだ。

試合はすでに始まっていた。何ラウンド目なのか、どのような情勢なのか、すべてわからないままに私も少年たちの群れに混じった。

上半身と下半身が逆さに映る画面の中で、アリはフォアマンに殴られつづけていた。サンドバッグのように無残に打たれつづけていた。

フォアマンの左のジャブが小気味よくアリの顔面を捉《とら》えている。ジャブというよりストレートに近い。アリも必死にカバーしているが、何発かに一発は確実にヒットする。そのたびにアリの体がガクッと揺れる。そして、すぐにコーナーに詰まる。アリはフォアマンの首を抱え込み、すぐクリンチをする。フォアマンはそのままの姿勢で無表情にアリのボディにアッパー気味のパンチを叩《たた》き込む。離れると、またフォアマンの左がヒットする。ラウンドの終了間際《まぎわ》にアリも反撃らしきものを試みたが、すぐにゴングが鳴ってしまう。

次のラウンドもフォアマンが一方的に打ちまくるばかりだった。フォアマンのパンチ、アリのクリンチ、そしてフォアマンのボディへの連打。闘いのパターンができあがりつつあった。アリは、単にクリンチができるサンドバッグにすぎなかった。

〈アリも老いた……〉

私はいつの間にか、テヘランの路上で見かけた鎖切りの大道芸人と、このテレビの中のアリとを重ね合わせて眺めていた。いくら呪文《じゅもん》を唱えても鎖を切ることができなかったあの大道芸人と同じように、ついにアリでさえ老いから自由ではありえないのだろうか。

フォアマンは決して軽快ではなかったが、確実にアリを圧倒し追いつめていた。リングの中央で打ち合うこともなく、アリは常にロープを背負っていた。少年たちは息を詰めて見守り、ラウンドが終了するごとにホッと肩で息をついた。

かつて一度だけ、私はフォアマンの試合を見たことがあった。対戦相手のジョー・キング・ローマンは開始前から脅《おび》えており、フォアマンは文字通りハンマーのような腕を好きなように振り廻《まわ》していた。彼がひと振りするたびに、ぶうんという唸《うな》りが二階席で見ている私のところまで届いたものだった。フォアマンはたったの一ラウンドでローマンを半殺しの目にあわせてしまった。

アリもあの時のローマンのように惨《みじ》めにキャンバスに這《は》いつくばらされてしまうのだろうか……。

フォアマンがまたアリをロープに詰める。右、左、右、そして左。だが、何ということか、フォアマンの不用意な左のフックが空を切り、アリの耳をかすめた瞬間、アリの右がフォアマンの顔面をとらえた。フォアマンの体が少し揺れた。アリは廻り込み、もう一発、右を放った。ヒット！　さらにもう一発の右がヒット。右、そして、左がヒットする。信じられないという顔をしてフォアマンは立ちすくんだ。そして、アリの最後の右が入ると、フォアマンの巨体はキャンバスに叩きつけられた。あのフォアマンが倒れたのだ。しかも、そのままカウント・アウトされてしまった！

アリが勝利した瞬間、テレビに釘《くぎ》づけになっていたペルシャの少年たちは、天を指差し、声をそろえて叫んだ。

「アリー！」

彼らの声には誇らしさが溢《あふ》れていた。その時はじめて、イスラム圏の子供たちにとって、アリがどれほど大きな意味を持つ存在になっているかが理解できた。そして、私もまた、アリの奇跡的な復活を眼《ま》のあたりにして、彼らと一緒にアリーと叫びたいような気持になった。

確かにアリは老いていた。しかし、彼は自分にそのまま老いることを許さず、老いを迎え撃とうとしていた。なるほどね、そういうことですか。私は小さく呟《つぶや》きながら、アリーと叫びながら学校に走っていく少年たちと共に、その場を離れた。

少し歩くと、シェーラザードという名の宿があった。千一夜もいつづけるつもりはなかったが、応対に出てきた少年のけなげさに敬意を表して、ちょうど空いていた安い個室にしばらく泊まることにした。

少年に案内された汚く狭い部屋で、私は十時から夕方の六時まで眠りつづけた。ようやく眼が覚め、時間を確かめ、食事をしにいかなければと思ったのは覚えているが、また眠り込んでしまった。眠っても眠ってもまだ眠かった。自分でも気がつかなかった疲労が体の奥に溜《たま》っていたのだろうか、地の底に引き入れられるようなつらい眠りを眠りつづけた。

5

イスファハンは老人たちで溢れていた。少なくとも私の眼には老人たちの姿ばかりが飛び込んできた。この古い都で、何百年も生きつづけてきたとでもいうように、深い皺《しわ》を体中に刻みつけた老人たちが、町のそこここに坐《すわ》っていた。

ブドウ売りが木蔭《こかげ》に腰を下ろし、道行く若者たちをぼんやり眺めている。郵便局の前には老いた代書屋が小さな木机を出している。仕事もなく黙って薄く眼を閉じていることが多かったが、稀《まれ》に客がやって来ると、それも老人だった。「王のモスク」の中には、杖《つえ》を手にした老人たちが、電線にとまっている雀《すずめ》のように段差のある石畳に一列に並び、何をするでもなくただ坐っていた。

バザールの店番にも老人の姿を多く眼にした。

初めてイスファハンのバザールを冷やかしながら歩いている時、私が強く興味を惹《ひ》かれたのは時計屋だった。店先のガラス・ケースに、新しい型の時計に混じって時代物の懐中時計が並んでいる。それも、文字盤の数字がアラビア文字やエジプト文字ばかりでなくペルシャ文字で記されたものまであるのだ。

しばらく歩いているうちに、他の店より小さく、内部がかなり薄暗い一軒の時計屋が眼に留まった。店番はやはり老人だった。ガラス・ケースの中を覗《のぞ》き込むと、古い懐中時計の中に、文字盤のペルシャ文字が美しい花柄《はながら》で縁取られている小形のものがあった。見せてくれないか。身振りでそう言うと、店番の老人が追い立てるように手を振った。言葉がわからない外国人を相手にするのが面倒だったのだろう。その気持はよくわかったので、私は素直に外に出た。

しかし、それからしばらくバザールをぶらぶら流して廻ったが、どういうわけか最前の懐中時計のことが気になって仕方がない。意を決して、もう一度その時計屋に戻った。見せてくれないか。さっきと同じようにペルシャ文字の美しい懐中時計を指差すと、老人は私の顔をちらりと見てから、今度はゆっくりとした動作でケースの鍵《かぎ》を開け、取り出してくれた。手に取って見てみると、持った重さといい、文字盤の美しさといい、文句のないものだった。しかも、裏はガラス張りになっており、内部の仕組みがすっかり見える造りになっていた。動くのか。訊《たず》ねると、老人は頭のネジを巻いてみろという身振りをした。言われた通りに巻いてみると、裏のガラス越しに歯車が動き出すのが見えた。

私はすっかり気に入ってしまった。そして、どうしてもその時計が欲しくなってしまった。シンガポールでも、アラブ・ストリートで気に入った古時計を見つけていたのだが、懐《ふところ》具合が心配で結局買うのは断念していた。その時と比べて財政事情がよくなっているはずもなく、事態はむしろ悪化の一途を辿《たど》っているのだが、なぜか欲しいと思い込んでしまったのだ。

「いくら？」

ペルシャ語で訊ねると、老人がボソッと答えてくれた。しかし、それがわかるほどペルシャ語に精通しているわけではない。例によっていくつかの単語と何種類かの疑問型の構文を習ったにすぎない。紙に書いてくれないかとボールペンを手渡すと、老人はためらわずに書いてくれた。

《２０００》

二千リアルということは、約九千円ということだ。決して安くはない。だが、これは単に交渉の開始の値段にすぎないのだ。とすれば、二千リアルはさほど高くもない。安いか高いかはどこまで値切れるかにかかっている。私は目標を千リアルに置いた。

イランのバザールには値段があってないというのは確かだが、相手がこちらを甘ちゃんの観光客だと見くびらないかぎり、それほど乱暴な値段を言ってこないことは実際の経験でわかってきていた。この老人はさほど観光客ずれしてないように見えたし、この国における時計の価値から考えて、四、五千円は仕方がないだろうという判断をしたのだ。

私が日本語でまけてくれないかと言うと、老人はそこに書いてみろという仕草をした。

《500》

そう書き込むと、老人は相手にもならんというように首を振り、紙に書かれた二千の数字を人差し指で叩いた。そこをなんとか。私は頑張《がんば》った。しかし、まるで相手にもしようとしない。しまいには、また手を振って追い立てようとする。私はさすがに頭にきて、それならもういい、と飛び出してきてしまった。ペルシャのバザールでは怒っては負けなのだ。それを充分知っていたはずなのに我慢ができなかった。

だが、翌日になると、なんとしてもあの時計が欲しくなってきた。私はもう一度バザールに行き、時計屋に入っていった。老人は鋭い一瞥《いちべつ》を投げかけてきたが、昨日のことは少しも覚えていないというような無感動な表情を変えなかった。私は、例の懐中時計を指差し、また値段を訊ねた。すると、老人もまたペルシャ語でボソッと言った。昨日と変わらぬ発音だった。多分、二千リアルと言ったのだろう。しかし、念のために紙に書いてもらった。

《2000》

やはり二千リアルだった。私は性懲《しょうこ》りもなく、もっとまけてくれと言いながら、その紙に書き込んだ。

《500》

すると老人は、私からボールペンを取り上げて、さらに書いた。

《1800》

どうやら、交渉の余地はあるらしい。

《600》

私がそう書き込むと、老人はそっぽを向いて、もう相手をしてくれなくなった。私はなんだか嬉《うれ》しくなってきた。この時計を手に入れるためなら何日でもこの老人と交渉をしてもいいような気分になってきた。私は長期戦を覚悟して、この日もその辺で引き上げることにした。

次の日、また時計屋に行った。そして同じことを繰り返した。だが、この日は、私が六百と書いても怒り出さなかった。頭を振り、いやと言いながら、ボールペンを手にした。
《1500》
一気の値下げだ。私は笑いたくなるのをこらえて、書いた。
《700》
すると、老人は何も言わずに、ボールペンを取り上げ、また書いた。
《1200》
これで精一杯かなという気もしたが、とにかく目標は千リアルと設定したのだ。ここで安易に妥協してはならない。
《800》
私が書くと、不意に老人は怒り出し、追い出しにかかった。だが、そこには微かな演技の匂《にお》いがなくもなかった。私は交渉がかなり煮詰まってきたのを感じ、いったん素直に店を出て、午後また訪ね直した。紙とボールペンを差し出すと、老人はこう書いた。
《2000》
さっき、千二百と書いたばかりじゃないか。抗弁したが無駄《むだ》だった。また最初からやり直しだった。しかし、とにかく、気の長いやりとりの末、どうにか千二百リアルまで下がった。ここまでかなと思いつつもうひと押しすると、
《1100》
と老人は書いた。
《800》
と私も書いた。老人は私がどこをボーダーラインとしているのか知っているような値段のつけ方をする。これは相当面白いゲームだという気がしてきた。ボーダーラインの千リアルを中心にして、老人が少しでも高く売りつけようとすれば、こちらは少しでも安く買おうとする。
《1050》
と老人が書いた。
《850》
と私も間髪を入れずに書いた。
そこでだいぶ膠着《こうちゃく》状態が続いたが、ついに老人が折れた。
《1000》
そこで、私も書いた。

《900》

老人は首を振った。私はそれを無視して、ポケットから九百リアルを取り出し、ガラス・ケースの上に置いた。老人はその金に眼《め》をやり、一瞬、どうしたものかと逡《しゅん》巡《じゅん》した。チャンスとばかりに、私は金を突き出した。だが、すぐに気を取り直した老人は、帰れ、帰れと言いながら、手を振りはじめた。私がそれならとゆっくり金をしまい、店から出ていくと、老人が声を掛けてきた。恐らく、待て、と言ったのだろう。私はそのタイミングを逃さず、振り返って、紙に数字を書き込んだ。

《950》

いささか芝居がかってはいたが、それを見た老人は仕方がないというように大きく頷《うなず》いた。勝負はどうやら私の勝ちのようだった。

そうして手に入れた懐中時計は、見れば見るほど素晴らしいものだった。その華麗な文字盤や小振りな形から判断すると、女性の持ち物だったのではないかと考えられなくもない。さまざまに夢想しながら宿の暗い光の中で眺《なが》めていると、この時計がペルシャ美人そのもののようにも思えてくる。これで何日間かの宿代が消えてしまったが、たとえ野宿をしてもいいと思わせるものがあった。

しかし、いくらバザールには駆け引きが必要だとはいえ、これほどの逸品をあのように強引にまけさせてしまってよかったのだろうか。私は、老人に対してひどく悪いことをしたような気持になってきた。とりわけ、千リアルで手を打つつもりだったのに、つい調子に乗ってさらに五十リアルも値切ってしまったことに心が痛んだ。

　翌日、私は五十リアル分の菓子を買って、時計屋を訪れた。店に入っていくと、老人は警戒するような眼で私を見た。食べてくれと紙袋を渡そうとすると、老人はいぶかしげな表情を浮かべた。それも無理はなかった。恐らく、バザールにはバザールの約束事があり、いちど手を打ったあとでは互いに文句は言えないことになっているに違いない。あれはあれで終ったことだったのだ。老人には私の感傷など理解できないものだったのだろう。むしろ、前日の取り引きについての苦情を言い立てにきたのかと思ったのかもしれない。老人は、私が苦情や返品しにきたのではないらしいことを察すると、ようやく菓子に手を延ばすようになった。その様子を見て、なるほどあれでもまだ充分に儲《もう》けのある値段だったのだ、と安心した。

　安心すると、急に時計の元値を知りたくなった。ペルシャの商人の商才とはどのようなものかを確かめたくなったのだ。聞いたからといって時計を返すなどとは決して言わないから。そう説得して聞き出そうとしたが、老人は初めての時と少しも変わらぬ態度で、私を軽くあしらった。何回も交渉を重ねた仲だからとか、わざわざお菓子を持ってきてくれたのだから、といった馴《な》れ馴《な》れしさや親しげな様子はいっさい見せようとしなかった。店先に坐り、菓子をつまみながら半日粘ったが、ついに時計の元値は聞き出せなかった。私はペルシャ商人に対する尊敬の念を新たにしてその時計屋を出た。

ある日、いつものように「王のモスク」に涼みに行った。モスクの中は、外がどんなに暑くとも、不思議なほど冷んやりしていた。老人たちはやはりいつものように石畳に腰を下ろし、何十分もぼんやりしていた。私もその隅《すみ》に並んで腰をかけ、シラーズで貰《もら》った『ペルシャ逸話集』を読みはじめた。そのうちにどうしようもないほどの睡魔に襲われ、立てた膝《ひざ》に顔を埋めるようにして眠ってしまった。

突然、老人の叫び声で眼が覚めた。あたりを見廻すと、モスクの中に異教徒たる観光客はひとりもいなくなっていた。時計を見ると正午を少し過ぎている。「王のモスク」は、観光客に開放されている例外的な回教寺院だが、正午の礼拝の時間には異教徒を閉め出し、回教徒のための祈りの場にすることになっていた。いつもは正午の十分前くらいになると追い出されるのだが、この日は眠り込んでいたため見逃されたらしいのだ。

老人の、モスクを揺るがすような叫び声が、また聞こえた。それは叫んでいるのではなく、祈っているのだった。老人は、壁際《かべぎわ》に立ち、大きな口を開け、天にも届けとばかりにコーランを朗読する。ひとりが朗唱をしはじめると、「電線の雀」と私が勝手に名づけていた老人たちが次々と立ち上がり、それぞれが自分の叫び声を上げる。

観光客のための、ただ壮麗な建築物にすぎなかった「王のモスク」が、急に生き生きとしてきた。モスクの重い空気が鋭く震え、建物全体が微《かす》かに息づきはじめる。

蒼《あお》いタイルが敷きつめられた一隅《いちぐう》では、土色の法衣をまとった道士の前に、ひとりの男が手をつき、頭を垂れ、低い声で訴えている。犯した罪を悔いているのか、それとも耐えがたい悩みを聞いてもらっているのだろうか。道士も男も、共に老いていた。

だが、このモスクの中にいるすべての老人たちは、自分にふさわしい場にいることによる安らぎに満ちていた。そして、このモスク自体も、老人たちによってのみ、死から一瞬の生の刻《とき》を持つことができているのかもしれなかった。

私にはひとつの怖れがあった。旅を続けていくにしたがって、それはしだいに大きくなっていった。その怖れとは、言葉にすれば、自分はいま旅という長いトンネルに入ってしまっているのではないか、そしてそのトンネルをいつまでも抜け切ることができないのではないか、というものだった。数カ月のつもりの旅の予定が、半年になり、一年にもなろうとしていた。あるいは二年になるのか、三年になるか、この先どれほどかかるか自分自身でもわからなくなっていた。やがて終ったとしても、旅という名のトンネルの向こうにあるものと、果してうまく折り合うことができるかどうか、自信がなかった。旅の日々の、ペルシャの秋の空のように透明で空虚な生活に比べれば、その向こうにあるものがはるかに真っ当なものであることはよくわかっていた。だが、私は、もう、それらのものと折り合うことが不可能になっているのではないだろうか。

膝の上の『ペルシャ逸話集』には、「四つの講話」と並んで「カーブース・ナーメ」が収められている。「カーブース・ナーメ」は王朝の滅亡を前にして、王が子に残した処世訓集ともいうべき書で、その中に「老齢と青春について」という章がある。いかに若くとも栄光ある神を忘れるな、死に対して安心するな、死は老若の区別をつけないからだ。そう語ったあとで、父は息子にこう言い残している。

若いうちは若者らしく、年をとったら年寄りらしくせよ。

この平凡で、力強い言葉の中に、あるいは「老い」の哲学の真理があるのかもしれなかった。少なくとも、「王のモスク」の老人たちは、その言葉のように老いていた。年をとったら年寄りらしく、年をとったら年寄りらしく……。

「カーブース・ナーメ」にはこうも書いてある。

老いたら一つ場所に落ち着くよう心掛けよ。老いて旅するは賢明でない。特に資力ない者にはそうである。老齢は敵であり、貧困もまた敵である。そこで二人の敵と旅するは賢くなかろう。

私は老人たちの荘厳《そうごん》な叫び声を聞きながら、ふと、老いてもなお旅という長いトンネルを抜け切れない自分の姿を、モスクの中を吹き抜ける蒼味を帯びたペルシャの風の中に見たような気がした。

［対談］終わりなき旅の途上で

今福龍太
沢木耕太郎

本章は、「中央公論」一九九三年二月号に掲載されたものを再録しました。

サムシング・ハプンズの世界へ

沢木　僕は今福さんのこれまでの軌跡が面白そうだなあ、と思ってね、今日はその話をうかがいたくて来たんです。

今福さんの著書は『クレオール主義』『荒野のロマネスク』の二冊しか読んでないのですが、これはどちらもある地点に行ってしまった後の話がほとんどで、その手前のことが全然書かれていない。僕としては、その手前の部分を知ってみたいという気がしましてね。

たとえば僕の『深夜特急』という本は、デリーからロンドンまでバスで行くというある仮の目的を設定して、そこから逸脱したり、右往左往しながらも一応帰還して、というふうに単純にある地点からある地点まで移動していった記録のようなものなんですね。今福さんの場合、この地点からあちらの地点へ行かなければならなかった、あるいは行こうと思った契機は何だったんでしょう。

今福　僕は、世界には二種類の場所があるという気がするんです。沢木さんも似たようなことを書かれていたと思うんですが、つまり、放《ほう》っておいても物事が起こってしまう場所と、自分のほうからアクションをしかけないと物事がなかなか起きないという場所。どうもその二種類の場所があるような気がする。

日本やアメリカは後者に属するでしょう。日常生活の形がすでに成立していて、抵抗なく、決まりきったルーティーンをこなしていくことが可能な社会。それこそ毎日あちこちで予定外のハプニングが起きたら、近代的な都市機能は麻痺《まひ》してしまいますしね。

しかし、沢木さんが旅した東南アジアや西アジア、あるいは僕が比較的よく知っている中南米といった地域は、こちらからアクションを起こす前に、すでに周りで無数の物事が起きてしまっている――英語で言えば、サムシング・ハプンズという場所。そこは自分から何かを仕掛けるメイク・サムシング・ハプンの場所とは違う。この二つは場所の属性としてはっきりあるんじゃないかと思います。

われわれは、日本という絶対逃れられない起点を持ち、そこからサムシング・ハプンズの世界のほうへ入っていく。境界を越えて違う種類の世界へ自分が踏み込んでいく、その時に僕は旅というものを自覚します。だからロサンゼルスやニューヨークへ行っても、そこは言わば同じ世界だから、旅するという感覚は希薄ですよね。

沢木　でも、どうなんだろう。何かが勝手に起きてしまうという地点に行く前、たとえば東京という起点にいた時に、自らそういう場所を望んで行ったのか、あるいは行ってみたら結果としてそうだったのか――今福さんの場合はどうなんですか。

今福　その辺が旅の思想、と言うとちょっと大げさだけれど、パラダイムの変化と関《かか》わっているんでしょうね。つまり旅に出る動機みたいなことでしょう。沢木さんは旅に出る動機、もしくは旅を終える動機……。

沢木　あるいは旅を続ける動機かな。

今福　そういうものに非常にこだわりを持って考えておられますね。たぶん僕自身の精神構造の中では、いわゆる動機づけの部分は希薄なんだろうと思うんです。

沢木　関心がないということなのかな。

今福　たぶん、そうなんでしょうね。今日では物理的な移動というのは誰にでもできてしまう。だから、どこかへ出かける時も、非常に明確な動機づけや理由づけをする必要がなくなってきてしまっている、と思うんです。

〈越境者〉との接点

沢木　今福さんが『クレオール主義』の中で書いている、定住と移動という概念を単純に対にして扱わないという考え方には賛成で、僕もその二つは対概念ではないと思います。旅に関して言えば、旅の属性とは二つしかない。つまり、留《とど》まるか、通り過ぎるか。

たとえば、今福さんがある場所に三カ月ほど住んだ経験について、それは旅行者が恣《し》意《い》的に滞在することとはちょっと違うだろう、というニュアンスで書かれた箇所がありましたね。しかし、それはやはり住むということではないと思う。「住む」という概念に対応するのは「出る」という概念ですからね。

僕が今こだわっている点は、今福さんは住んでいた東京からいったんは出たわけですね。出た後はたぶん、通り過ぎたり留まったり、また離れていったりと、東京はもう住んでいる場所じゃなくなっているだろう。いったん留まった場所から動いていくのは「出る」という概念じゃなくて、離れていくか、あるいは移るかのどちらかですよね。その場所に思いが深ければ「離れていく」ということになるだろうし、ほかの場所と等価であれば単に違う場所へ「移る」んだろうと思うんです。そういう意味で、今福さんは東京を離れてまた戻ってきて、留まって、また移っていく、という中で心理的な変遷《へんせん》を遂げていったのではないか。とすれば、最初の地点、つまり東京から出ていくという体験は、それほどバカにしたものではないということになる（笑）。

今福　その意味で言えば、僕は最終的には出ていない人間だと思う。どうやったら出られるか、ということは常に考えているんですけどね。古い言い方をすれば、国を捨てて永遠の放浪の旅に出よう、という出方もあるでしょう。しかし、出方はもちろんそれだけじゃない。僕が今、意識的に接触しようとしているのは、自分が帰属している場所なり土地からほんとうに「出た」人間たちなんですね。

沢木　僕もその点に一番関心があったんですが、たとえば越境するということ。今福さんは越境者たちをどういう関心をもって捉《とら》えているんですか。

今福　移民や亡命者というのは、本質的な意味で「出てしまった」人間で、どこかにたどり着きながらもそこを完全な安住の地としているわけではない。「出た」ということにおいて世界を生きている人間たちですね。僕などは一時的に自分の国を離れているだけで、将来のある時点で戻ってくることはだいたい決まっている。「出ていない」僕が「出た」人間たちと接触したり、彼らについて考察する中で思ったのは、もしかしたら現代の人間は知らないうちにどこかへ「出てしまっている」のではないか、実は今の世界はそういう人間の生存の仕方になりつつあるんじゃないか、ということなんです。

だとすれば、明確に「出てしまっている」人間たちと、自分も意識の上でのある種の連帯が可能なんじゃないか。別の意味で自分もある地点からすでに出立している人間である、と考えることもできるわけです。

沢木 今福さんが「中央公論」に連載中の「移り住む魂たち」を読んでも、混ざり合っている人間たちとか、越えていっちゃう人間に対して強い関心を持っていることが分かります。ところが、僕も旅の中でいくつもの国境を越えてきたけれど、ただ通過するだけだったんですね。本質的にどこかへ向かって越えていくという感覚ではない。だから、本質的に「出てしまった」人間たちと今福さんはどういう対応ができるのかな、と思うんです。あるいは逆に、彼らから今福さんはどう見えるのか。それは、文化人類学者がたとえばフィールドワークでインディオと接触する時にインディオにはどう映っているのか、といった単純な話ではなくて、今福さんの場合はそこに一種の擬制を自覚しながら、なおかつ彼らと接触していこうと意志していらっしゃる——その構図の二重性みたいなものが面白いなあと思ったんです。

人類学的アプローチの破綻《はたん》

今福　人類学という学問のこれまでの方法論としては、異文化、つまり自分の文化とは違う規則性が共有されている世界へ入っていって、自分が言わば無色透明な存在となってその世界を観察する、というのが一般的だったわけです。見えるものを綿密に観察し、その社会の全体的見取り図を客観的にテクスト化していく、といった方法ですね。

ところが、ここ一〇年ぐらいの間に、そういうナイーヴな形で異文化に接するのは文化人類学ではほとんど不可能になってきている。たとえば昔、マリノフスキーがトロブリアンド諸島に住んで調査した時にあったような、非常に鮮明な形での二つの世界の対峙《たいじ》とか、相互にまったく影響を持たない二つの世界のコントラスト、その間をまさに文字が乗り越えていくという体験は、現在ではすでにほとんど不可能なわけです。

ところが現在の文化人類学の主流は、そういう境界がいまだに存在していて、相手の世界を鏡にして自分の世界を観《み》ることができるとする。それを否定すると文化人類学という学問分野そのものが成立しない、ということもあるんですけどね。でも、観察者としての作業がいまだ可能だと相変わらず固執している部分がある。僕にはそれがもはや不可能だという予感があり、むしろそういうマニュアルが崩れ去っていくプロセスを見てみたいという思いがありました。だから最初にメキシコへ行った時も、マニュアルどおりの調査などは途中からまったく放棄した。『荒野のロマネスク』はそのプロセスを書いたんです。

沢木　僕はノンフィクションというジャンルで取材をして書くのを職業としているわけですが、その作業は文化人類学者のフィールドワークとどこかで似ていなくもない。いずれもその中核にあるのは聞き取り、インタビューですね。しかしインタビューというのはどこまで信用できるのか、という問題がある。『荒野のロマネスク』でも、語られる言葉の意味と、叙述される言葉の乖離《かいり》についての思考が繰り返されている。で、今福さんは結局、あるものを別のものに移しかえることの絶対的な不可能性に到達する。そこで「直覚」という言葉も出てきますね。これは直観と解釈してもいいのかな。

僕がひとりの人間を書く場合、できる作業は二つしかない。一つは当人に尋ねて直接言葉をもらうこと。もう一つは外部の資料、それは書かれたものであれ他人が話したものであれ、そうした材料を手に入れていくという作業です。でも相手の言葉というのはどこまで信じられるものなのか、その言葉を自分は文章とやらに移しかえることができるのか、という本質的な疑問がある。大げさに言ってしまえば、この十数年間それをずっと考え続けてきた。

それは結局は移しかえられないもので、人は本当のことは喋《しゃべ》ってくれないものだ、という結論に達したとする。にもかかわらずやり続けているのは何か。それは、自分に甘く格好良く言ってしまえばある種の強い断念であり、もっと単純に言ってしまえば開き直りで、嘘《うそ》を書くということでしかないと、自分を折り合わせていく。

そこで質問なんですが、人類学や民族学が学問として成立し得るとして、その嘘に気がついたとしても、なお学問としてやっていけるのですか？

今福　それはたぶん、今一番自覚的な人類学者たちが疑問に思っている点ですね。現にここ数年、人類学者たちがある種フィクショナルなものを書き始めているんです。

フィクションでもノンフィクションでも取材してから書くケースがありますが、見かけ上はそれらの作品とほとんど区別がつかないようなテクストが人類学の世界でも出てきています。これまで科学が対象としてきた客観性や真実性と、小説が提示するリアリティーとの間にはある種の断絶があった。もちろんフィクションとしての現実性というのはあるわけですけど。しかし客観的なデータというもの自体も、結局はフィクショナルなイデオロギーだったんじゃないか、という批判や反省が人類学の間からこの一〇年くらい出てきているんです。

それを突きつめていくと、ノンフィクション・ライターや小説家が事実情報をベーシックな素材として扱うのと同じように、人類学者も基礎データを扱っていくことになるでしょう。今、すでに文化人類学者の小説家化が起こりつつあるんですね。

沢木 ただ僕の意識から言うと、ノンフィクションと小説家とは画然と違う。そこがすごく大きな問題でね。文化人類学者の叙述するものがフィクショナルなものへ移行しつつあるというお話でしたが、実はそれと同じ形態の移行がノンフィクション・ライターと小説家、あるいはノンフィクションとフィクションの間にあるかもしれない。

人類学も同じだと思うけど、細部というフラグメントを構築していくと全体が見える、という考え方に対するある種の違和感、それ本当？という単純な疑問がある。いくら細部を構築しても全体は見えない。そもそも全体というのはあるか、という問題も当然ありますが。でも、それこそピンをひと突きすれば人間が死んでしまうような一点、宇宙のヘソのようなものがあるかもしれない、という幻想は常にある。書きたいという願望はその辺にあるだろうと思うんですね。だから、人類学者も当然、フィクショナルな形であれ、たとえば宇宙の法則の根幹に関わるようなものを鷲《わし》づかみにしてみたい、という願望はあると思う。

今福　まさにそうです。ノンフィクション、人類学、小説とこれまでジャンル分けされてきたライティングの世界で今、同じようなプロセスが起きていると思うんです。リアリティーとか、データの扱いとか、あるいは人間の主体性に対する疑問、言葉の上での交信の努力の問題などですね。

取材者と被取材者の目線

沢木　『荒野のロマネスク』の最後に、ル・クレジオについて書いていらっしゃいますね。あの部分は示唆《しさ》的で面白かった。

ル・クレジオとおぼしき白人の男がタラスコ高地に現われ、並みの民族学者や人類学者たちと違ってあれこれ質問したりせず、ただひとこと古老に言う。自分を見かけても気に留めないでほしい、と。あとはいつも村の周辺をぶらぶらと歩き、時折り短く美しい言葉を発する。彼のほうから近づいてくることはなかったけれど、逆に彼の存在はタラスコ族の人々に強く意識されるようになる。今福さんは、古老の言葉として、《ほかの白人とは違うどこか謎《なぞ》めいた行動。そしてあの透明な、神々を思わせる言葉。こうして彼は、私たちの心の中にいつ頃《ごろ》からか、つつましく住みはじめるようになったのでした》という具合に書き留めていらっしゃる。

もしこれが本当にル・クレジオのスタイルだったとしたら、彼は他者と理想的な形で関わったような気がするんですね。ただ、ル・クレジオの場合、あのような存在の仕方で、他者の中核となるようなものを手に入れることができたんだろうか、あるいは手に入れること自体はもう断念して、自分がそこの中に反映したものを見ていけばいいと考えたのだろうか、それが気にならないことはないんです。

今福　ル・クレジオには彼自身のパナマとメキシコのインディオとの関わりについて書いた『悪魔祓《ばら》い』（新潮社「創造の小径《こみち》」叢書《そうしょ》）という著書がありますよね。彼は自分の身体《からだ》をフィルターとして見たインディオ世界を、それこそ直覚的な感情の揺れを含めて見事に提示している。自分自身の中にあるインディオ性の発見についても言及しています。

ところが僕が彼に会って話をした時、あの作品は自分にとっては完全な失敗作で、もう思い出したくもないと言う。その時、彼のやっていた仕事はインディオの神話の翻訳で、以前とは違う形でインディオとの接触の仕方を考えていて、スタンスがもう明らかに違うわけです。

人類学者の古典的パターンで言うと、かつてはたとえば南米のジャングルへ入って、インディオと接触して博士論文を書こうとした人もいた。長くいれば当然、その社会の一番奥深い精神的な核心にどんどん近づいていく。稀《まれ》ですが、中には現地の女性と結婚して、秘儀社会の内部へ参入していく者もいる。さらに人類学者としてそれまで記録したいっさいの資料を捨てて、その社会のメンバーになることもある。この場合、捨てることによって別の形で何かを手に入れているんだと思いますけどね。

だから先ほど沢木さんがおっしゃった「中核となるものを手に入れられるのか」という点に関して言うと、人類学的な経験の中では、手に入れる方法というのは究極的にはその二つしかない。自分がその社会のメンバーになってしまうことで入手するか、あるいは最終的に身を引き離して自分の言語で何かを提示し、それによって手に入れるのか。ちょっと大げさに言えば、世界というのはある種の文化的・言語的な充満性の中でしか入手できないと思うんです。

沢木　文化人類学もそうですが、取材者と被取材者がいるとすると、取材者はいったん被取材者のテリトリーに入って、そして出てくる。あちらの圏内で手に入れたものを、こちら側の世界に開示するでしょう。その往復が言わば作品になるわけですね。
今福さんの本の最後に、ル・クレジオを見ている一人の老人の印象が語られていますね。それはすごく重要だと思ったんです。つまり、文化人類学やノンフィクションを相対化する一つの方法として、取材者・被取材者の両方の目線を二つ併置することで、ある意味で何かに近づくという感じがするんです。
今福 ル・クレジオ、老人、そしてそれを書いている僕、という三つの目と声、それを交錯状態に置いてみたいという狙《ねら》いはあったんです。
沢木 たとえばある人類学者がどこかの社会へ入っていって何かを書いたとする、その一方で被取材者は彼をどのように位置づけて見ていたか、その視線を獲得できれば広がりのあるものになるだろう。そういう方法論はあり得ないんでしょうか。
今福 それが実はあるんです。まだ非常に稀なケースなんですが、ニューギニアのカルリ族をもう一五年ぐらい調査しているスティーヴン・フェルドという人がいます。アメリカ人類学界のスターの一人ですけどね。日本では『鳥になった少年』という本が出版されていますが、これはカルリ族の音の世界を徹底してエスノグラフィックに記述・分析したものです。まあ彼自身、トロンボーンでフリージャズを吹いたりもする面白い男で、彼の著書の献辞には「セロニアス・モンクに捧《ささ》げる」と書いてあるほどでね（笑）。その本は面白いけれど、記述のスタイルという点から言えばそれほど冒険的なものではない。しかし本を書いた後、彼はまたカルリ族のところへ戻って、今度はカルリ語で本の内容を説明するんです。カルリ族はそこで当然、批判をする。お前の言っていることは違うと。何がどう違うのか、フェルドはそれを徹底的に調べた上で、『鳥になった少年』を書きかえようとしているんです。

沢木 おそらく解体されるわけですね。

今福 そうです。『鳥になった少年』という本はプロセスとしての枠組《わくぐ》みでしかなく、ひょっとしたら彼は一生そういう対話を続けていって、一〇年おきぐらいに次々に違うバージョンを出していこうという野心があるのかもしれない。

沢木 それは進化ではなく、変化と考えていいんですよね。たとえば一〇回目の変化も、それはそれで過程が全部含まれていて面白いと思う。

今福 これは書かれたものの持っている最終性の問題だと思うんです。本という生産物としては、一応完結した世界に収まってしまいますが、それも中途のプロダクトでしかない、という考え方もとり得るわけでね。

言葉による〈理解〉の限界性

沢木　しかし、フェルドがいくらカルリ語を習得しても限界があるかもしれない。異国の言葉を操って何かを尋ね、答えを得るという作業の問題ですが、たとえば僕も外国の人と深い話をする時には通訳を交えて話すことがある。しかし、そこで得た答えはどういうレベルの言葉なんだろう、という気がする。

インタビューで得られる答えには、当人が知っていることを喋ってくれる言葉と、当人が意識していない言葉の二つの相がある。たとえば僕が今福さんに日本語でインタビューする場合は、その二つの相を知覚できる。当人が知らないことまで引き出す言葉を自分が操れる自信がある、ということですね。インタビューという不思議な形態を通して出てきた言葉、というのを識別できる。しかし外国語を操りながら、言葉の二つの相を知覚するというのは絶望的なまでの言語能力を必要とするのではないか、と思うんですよね。

もちろん文化人類学者の中には言語能力の点で天才的な人もいっぱいいるでしょう。しかしそれでもやはり彼らが知っていることしか聞き出せないんじゃないか。被取材者自身が意識していないことまで引き出せる能力、ないしはそれを知覚できる能力はあるのか、僕には疑問なんです。学問としてはそのレベルでかまわない、という言い方もあるかもしれない。しかし仮に原始的生活をしている人たちにも、本人が知覚していない言葉のレベルも当然あるだろうと思うんですね。

今福　基本的に言えば、無意識の部分をロジカルな世界へ引きずり出すというのは、精神分析的な作業だと思います。インタビューという手法は西洋の稠密《ちゅうみつ》なロジカル世界、言語世界の中で鍛え上げられてきたものですしね。

沢木　僕の言ったのはもっと素朴《そぼく》な意味でね、たとえば自分が話している時も、こんなこと喋ってと自分で突然驚くことがあるじゃないですか。取材者としても、あ、相手は今思いもよらないことを喋って自分で驚いている、と分かる瞬間がある。しかし外国語を介して話している時には、少なくとも僕にはそういう経験がない。これはもちろん言語能力の問題でもあります。

意外性を引き出す鍵《かぎ》として、交わし合う言葉の中に非常に練られた表現や、微妙なニュアンスが必要な時もあるでしょう。人類学者は異国語を操りながら、そんな地点までたどり着けるものだろうか、と思うわけです。

今福　精神分析と言ったのはかなり大雑把《おおざっぱ》に網を張る意味で使ったのですが、たとえば恋人や夫婦の間にある愛や感情のもつれ、そこでやりとりされる言葉、あるいは不整合も、同じレベルのことだと思う。大まかに言ってしまえばフロイト的世界ですね。表面的言葉の意味性で互いを探り合っていくような。

僕はいつも、人間の日常的な相互作用の中にはフロイト的世界とマルクス的世界があると考えているんです。人間の深層意識やそれを言語表現に回収していく世界がある一方で、明確な物理的な存在として見えてくる世界というものがある。

たとえば、いわゆる未開社会と言われてきたような世界は、われわれがロジカルにしか回収できないものを、言語以外のストレートな回路で表示できる、さまざまな手段を持っているんですね。アメリカ・インディアンが自分の感情を一番厳密に表現したいと思ったら、言葉なんてまったく不要なわけで、それは火を焚《た》いて踊るという形かもしれない。

沢木　よく分かりますね、それは。

今福　だから人類学者が現地の言葉を操ったとしても、絶対に限界はある。それでもなおかつやるというのは、世界には非言語的な媒体が無数に転がっていると逆に分かっているからですね。言葉ですくい取れるのは、世界のほんの一部でしかないと。たとえば人類学者がなんであれほどまでアフリカの瓢箪《ひょうたん》の模様にこだわり続けているかというと、そこに言語表現では不可能な何かがあるからです。

沢木　しかし、それを理解していく道筋としては、やはり言葉に頼らざるを得ないわけですよね。

今福　もちろんそうですね。

沢木　たとえばアメリカ・インディアンが火を焚いて踊る。観察する側が何によってそれを了解していくかというと、当たり前ながら言葉によるわけですね。その言葉の意外性みたいなものは、もちろん説明できる言語で伝達可能なんでしょうが、しかし今福さんがおっしゃったように、言葉で語れない何かが向こう側の世界にある。その何かを引き出すことができなければ、向こう側には到達できないですよね。

今福　だから、フェルドが自分の著作をカルリ語で説明する時にもそうとう困難があるんですね。たとえば「構造」とか「反映」といった言葉はカルリ語の中にはないから、似た言葉を使って対応せざるを得ない。そこに翻訳という形で無数のフィルターがかかってしまっているんですね。だから、それは彼の本をカルリ語で説明していることじゃなくて、もうひとつの新しい作業なんでしょうね。しかし何かトランスレートされるものがあるはずだと信じなければ、できないと思う。

言語・非言語のあらゆる媒体を使ってトランスレートしても、こぼれ落ちるものは多いでしょう。しかし最終的にそこに残り得る理解の形はあるだろうと……。これは信仰みたいなものだと思いますけどね。

沢木　その信仰はそう間違ってはいないんだろうな。きっとあるんだろうね。

今福　僕はそれを信じようとしているんです。人間は比喩《ひゆ》的意味でのある共通言語を持っているんじゃないか、と。僕のクレオール語に対する関心もまさにそこにつながってくるんですが、二つ以上の言語が接触しあって出てくる一種のごた混ぜ言語にも、人間が理解というものを作り上げるプロセスの共通性が見てとれるんですね。それは言語からさらに文化の問題に応用できると思う。つまり人が何かを見て感じて、理解したものを自分の中に受け止めていくというプロセス自体、すべての人間に共通したものじゃないか。そうだからこそ、翻訳という行為も成立するわけですよね。

新たなテクストの可能性

沢木　何かの契機があって、二者が互いを理解しようという意思があったとしますね。あるいはなくてもいいんだけど、その時に双方が理解できる幅は確実にあるんだろう。当然、理解できない幅もあるわけですけどね。そこで、「にもかかわらず理解できる」

と考えるか、「にもかかわらず理解できない」と考えるか、どちらを選ぶかによって分かれてくるんだろうと思うんですね。今福さんの文化人類学に対する関心も、言わばその中間に浮いているわけでしょう。

僕がノンフィクションというジャンルで感じているのは、「にもかかわらず理解できる」部分が確実にあることは分かる、しかし「にもかかわらず理解できない」部分の大きさに最近は圧倒される思いなんですね。

さきほどのマルクス的・フロイト的世界の分け方は面白かったんですが、ノンフィクションの分野でも、たとえばある会社の興隆と没落といったテーマで書こうとすれば、事実として書ける部分は確かにあります。ある経緯で一つの企業が生まれ、そこで役割を担《にな》った個々人のレベルの話も書けるでしょう。しかし彼らを支えている内面の部分、内面の定義もまた難しいけれど、とりあえず内面と言ってしまえば、それを書けない限りは、企業の建物なども空虚なものにしか見えない。

しかし、だからといって「にもかかわらず理解できない」ほうへ身を寄せていってすべてを放《ほう》り投げることもできないと、僕も宙ぶらりんのところにあるんですね。じゃもう小説を書けばいいじゃないか、という簡単な話でもない。もちろんフィクショナルなものを書くことはあるだろうけれど、それでは問題の解決にはならないと思うんですね。だから逆に、今福さんがそこをどうやって突破していくのか見せてもらいたい（笑）。

今福 たぶんそれは最終的にどうにも解決のない道というか、そのプロセス自体をずっとやっていくしかないのでしょうね。

さきほどのマルクス対フロイトの図式で言えば、近代小説は人間の心理的構造とか葛藤《かっとう》を稠密に描いていくことででき上がってきたわけで、マルクス的世界を除外してきたと思うんです。つまり単純に言ってしまえば、小説に経済とか政治といった世界を入れることは非常に無粋なわけでね。バルザックなどは、小説に政治を持ちこむのはコンサートでピストルをぶっ放すようなものだ、と言っている。近代小説の美学としてマルクス的世界は排除されてきたわけですね。でもノンフィクションというジャンルは、それに対する一つの挑戦《ちょうせん》というか、アンチテーゼとしてあり得ると思います。

新しい小説やテクストの可能性を考えた時、僕が最近面白いなと思っているのは、エスニック文学なんです。たとえばアメリカのヒスパニック系、黒人といったマイノリティーは近代小説のルールとは全然違う発想で小説を書いている。つまりフロイト的世界に対する過剰な思い入れとか、マルクス的世界を排除しようといった発想から小説が立ち上がってきていない。それはアメリカ合衆国という非常に強い権力の網目の中で、黒人であり、ヒスパニック系であり、アジア系であること自体が持っている政治性、言ってしまえばどうしようもないマルクス性、それが小説言語としての基盤になってしまうわけです。

ある種の越境者の文学みたいなものですね。特定の文化や場所に安住できるような帰属性を永遠に持てないような連中が、自らの苛烈《かれつ》な政治性に立って書く小説は、マルクス対フロイトの図式を超えた、あるいは統合した世界の言葉になってきている。そこには小説とノンフィクションの境目がないんです。

沢木　よく分かります。その存在が体現している政治性、社会性というのが一瞬にして自分の問題に返ってきちゃうわけですね。ところが日本でそれをやれば、やはりコンサートでピストルをぶっ放すことになってしまうのか——どうお考えになります？

今福　そこが一番問題なんで、むしろ沢木さんにうかがいたいんですけどね。たとえばアメリカの多数派である白人層も、自分の日常の生存の問題として、そういう危機感を突きつけていない。日本人も基本的には似たようなぬるま湯社会にいるわけでね。

それが特徴的に現われているのは、日本人の諸外国に対するボランティア意識ですね。たとえばクルド難民の問題が出てくると、日本から学生を中心にどっと奉仕活動に赴く。そこで彼らはある強いリアリティー意識や生きがいを持てるわけです。あるいは自分の置かれている社会的立場だとか政治性を、そういう経験の中でしか――「しか」と言ってしまえば――つかみとれない状況にある。彼らが日本に帰ってくると、世界にはこんな貧困があるんだ、日本人も目を開くべきだ、と急に説教的なことを言う。一見正論に思えるけれど、僕は違うと思うんです。それは文明社会に住む人間がもはやそういうところにしかリアリティーを見出《みいだ》せないという、ある意味で非常に不幸な現実に生きる者のメンタリティーを示していると思う。少なくとも、そういう自覚を持つべきだろうと思うんですね。救われているのは貧しい難民たちではなく、じつは自分たち日本人のほうなのだ、という自覚ですね。

トラベローグの生命力

沢木　単純に言って、僕はここの場所からどこかの場所へ行くことは基本的にはいいことだと思います。行くことと行かないことのどっちを選ぶかといえば、行ったほうがいいと考えます。一方に留《とど》まり続けることの凄味《すごみ》みたいなものはあるとしても、なおかつ、とりあえずは行ったほうがいいと思う。

しかし、ここから出ていくという行為はあくまで個人的な行為だと思うんです。絶対に、個人的行為は普遍化できないし、する必要もない。勝手に行って勝手に帰ってくるんだから。ぞんざいな言葉づかいをすれば、行ったとしても分かったようなことは言わない、というのが僕の考え方の根幹にあるんですね。

もう少し具体的に言うと、ノンフィクションを書くという作業を続けていくうちに、どこかで僕の強い病気のような固定観念が出てきたのは、やっぱり異国の人は分からない、ということなんです。分からないということを前提にするより仕方がない。

日本人の書いた紀行文を読むと、大きく二つのパターンに分けられる。一つは、異国は理解できるのだと考える紀行文。もう一つは、異国というのは分からないと考える紀行文。そこには濃淡があって、中間みたいなものもあるわけですが。戦後に生み出された紀行文の流れで言えば、たとえば小田実《まこと》さんの『何でも見てやろう』という本は、異国は理解できるのではないか、異国の人とはコミュニケートできるのではないか、という考えに裏付けられた著作だと思うんですね。

その対極にあるのは吉行淳之介《じゅんのすけ》の『湿った空乾いた空』という本で、彼はMという女性と一緒に日本からアメリカへ渡って、ヨーロッパへ行って、帰ってくる。旅行はしているけど、ここには異国は全然出てこないんです。車を借りてドライブしたり、ニューヨークのハーレムに行ったり、パリのピガールに行ったりはするんだけど、結局はMという女性の密室が移行していくだけなんですね。しかし、異国を理解しようとかしたいとかは毛ほども思っていない、端《はな》から考えていないために、その文章はほとんど腐らないというか、百万年でも生きられる文章になっている。

たとえば、僕もよくは読んでいないんだけれども、大宅壮一が昔「裏街道シリーズ」というタイトルで世界の旅行記をいっぱい書きましたが、それは情報と呼ばれるものを含めて言葉が腐っているわけですね。それに対して、『何でも見てやろう』が今日もまだ生命力を持っているとすれば、それは彼が理解したことや了解したことではなく、理解したいという彼の情熱だけが生きているからなんです。理解したいという情熱はたぶん持続するし、本物なんでしょう。だけど理解できたと思ったようなことはみんな腐っていく。

僕も理解したいという情熱を放棄しているわけじゃない。でも基本的には理解できないものだ、と考えてきたんですね。だから、どこかへ行って何かを理解できたとしているようなもの言いを見たり聞いたりすると、よく言うよ、というかね。

今福　異国は理解できるという前提で書かれたトラベローグがあるというお話でしたが、それは「分かる」ということがむしろ分かっていないケースがほとんどだと思うんですね。

たとえば、レヴィ＝ストロースは一九五五年に『悲しき熱帯』を書いていて、これは文化人類学的に言っても最もクラシカルな旅行記とされている。あれはたぶん、結局は分からないということを徹底して理解して、それを書いた本だと思うんです。『悲しき熱帯』が持っている何とも言えないペシミズム。

沢木 そう、不思議だね。僕にはあれが人類学の本とは思えない。

今福 極端に言ってしまえば、自分が石器時代の人間にならなければ分からないんだ、みたいなね。つまり現代に生きている人間の理解に関《かか》わるペシミズムですよね。でも、理解の糸をまったく断念しているかというと、そうじゃないと思う。逆に、最も本質的なペシミズムの中からしか、理解の糸に対する信仰は出てこないだろうという気がする。

「夢」というキーワード

沢木 異国に対する接近の仕方には、一つには理解という軸があると思うんだけど、もう一つ夢という軸があるような気がするんです。異国に対して夢を見る。ということは、実際にその国に行った時に、自分の夢と現実とのあいだに落差ができてしまうということでもあるわけです。その落差、乖離《かいり》をどうするかということになる。たとえば、三島由紀夫の『アポロの杯《さかずき》』では、ブラジルでもギリシャでも、最終的には自分が夢見たものしか見ようとしていない。それ以外のものは存在しないものとして通り過ぎてしまう。ところが井上靖《やすし》の一連の西域物になると、自分の目の前に現われた現実を前にして、むしろそれに夢を添わせようとするんですね。どちらがいいとか悪いとかの問題ではなく、ひとりの人間にとって異国というのは、すでにそこに辿《たど》りつく前から存在しているものでもあるということなんでしょうね。

今福　旅する現実が東西の座標軸を構成しているとすれば、おそらく夢見という軸は縦に立てられると思うんですよ。今まで、夢と現実は一つのリアリティーのなかでは交差しない二つの領域としてあって、まさにそれがフロイト的世界の構造を作ってきた。

旅というのは常に覚醒《かくせい》の言語としてしか書かれてこなかった、と思うんです。僕が今、「中央公論」に連載している滞在記というか旅日記は、一種のパラレルワールドと言いますか、〈夢見られた世界〉は〈覚醒した世界〉と同じ分量と厚みを持って存在しているだろう、という予感があってのことなんです。

初めのほうでも触れましたが、僕が現在意識的に接触を試みている人たち、亡命者や移民といった、本質的に境界を越えて「出てしまった」人たちの心には〈夢見られた世界〉が埋め込まれていて、むしろその世界でしか自分たちの経験を描き出せないのではないか、と思うんです。あるいは、永遠に実現され得ない夢のもとに自分の人生を考えている、と言ってもいいんですが。

たとえばブラジルという国。この国は広大だし資源も豊かだし、二十一世紀はブラジルの世紀だと以前からよく言われてきたけれども、現実は悪くなる一方なんですね。でも不思議なことに、あれほどひどい状況にあってもみんな非常に明るくて、将来に対して夢や希望を持っているわけです。ブラジルには「サウダージ (Saudade)」という言葉があって、翻訳が難しい言葉なんですが、ある種の希望がみなぎっている懐《なつ》かしさ、憧《あこが》れとでも言いますか。

沢木　寂しさは含まれていないの?

今福　それも含まれていますが、ふつう僕らは過去の何かに対して懐かしいと言うけれど、「サウダージ」は何か永遠に先送りされている一つの夢に対する感情なんですね。

未来を夢見ることの中にしか現実が存在しない、そういう生存の形が二十世紀のこの時期になって鮮明に出てきている、と思うんです。自分の人生を一つの〈夢見られた現実〉として見ていく形——そうなると、まさに今まで覚醒した世界の物語としてしか書かれてこなかった自分の物語、あるいは旅の物語を、「覚醒」の言語ではなく、「夢」という形式で語り得るんではないか……僕自身も今、それを試みようとしているところなのです。

あの旅をめぐるエッセイⅣ

秋の果実

秋になって東京の街を歩いても、庭に無花果《いちじく》や石榴《ざくろ》の実が生《な》っているような家をあまり見かけない。ましてや、よその家の庭に生っている果物の実をもいで盗み食いをしているというような子供を見かけることはまったくなくなってしまった。そんな行儀の悪いことをしてはならないとよく躾《しつ》けられているのかもしれないし、盗み食いなどする必要もないほど家に甘いものがあふれているのかもしれない。

かつて私の少年時代、東京でも、いろいろな家の庭にさまざまな果実が生っていた。私の家の裏庭にも無花果の木があり、秋になってその実を食べるのが楽しみだった。また、遊び場に行く途中の家々には、柿や石榴が生っていたりもした。その実を、垣根から手を伸ばし、枝からひとつふたつもいで食べることはなんとなく許されていたように思う。

もっとも、それは春から夏にかけてのことだったと思うが、枇杷《びわ》が大好きだった私が、あるとき友達と近くの家で盗み食いをしていて、つい夢中になったあげく、その木に生っていた実をすべて食べ尽くしてしまったことがある。さすがにこのときばかりは、その家のおばさんに見つかって、こっぴどく叱《しか》られてしまった。

私の家の向かいのお宅には庭に大きな柿の木があって、子供の私にも一番下の枝に生っている実がちょうどいい具合にもげる。ところが、残念なことに、その柿は渋くて食べられない。渋柿も何年かすると甘柿になるという話を耳にした私は、毎年楽しみにしてもぐのだが、そのたびにあまりの渋さに吐き出してしまうということを繰り返した。後年、渋柿はいつまで経《た》っても渋柿のままだということを知ったが、今年こそはと思いながら、しかし、今度もまた渋いままかもしれないと恐れながら一口嚙《か》むときの、あの期待と恐怖がないまぜになったスリルはいまでも忘れられない。

二十代のとき、私は仕事のすべてをなげうって一年ほどユーラシアを旅したことがある。

乗合バスを乗り継いでのその旅で、イスラム圏のシルクロードに差しかかったのは秋だった。

シルクロードの秋は葡萄《ぶどう》と石榴の実であふれていた。ちょうどその年は秋がラマダン〈断食月《だんじき》〉の時期にあたっており、乗合バスの乗客の多くが、午後六時を過ぎると、露店で買っておいた葡萄の房でとりあえず渇いた喉を潤《うるお》そうとしていたものだった。

十数年前、父が死んだあと、遺された俳句によって小さな私家版の句集を出した。その際、私がユーラシアへの長い旅に出ていたときに詠《よ》んだ句がいくつか見つかったが、中にこんなものがあった。

葡萄食へば思ひは旅の子にかへる

私はシルクロードのどこかの町から父へ葉書を出した。そこに、眼にも鮮やかな葡萄や石榴の実についてのことを記したのだろう。おそらく、父はそれを読んでふと俳句を作る気になった。

一年に及ぶ長い旅のあいだ、父や母には葉書を二、三通しか出さなかった。いったいどこをどのように旅しているのか不安でないことはなかったはずだ。ただ、父も母も、幼い頃から、私がしようとすることにブレーキをかけるような言葉をいっさい口にしなかった。このときも、無謀な旅に出る前の私を、ただ黙って見守ってくれていた。

しかし、私自身がこの句を作った父の年齢と同じになったいま、あの父が、ほとんど何も知らせず遠い異国をほっつき歩いている自分の息子について、どのような「思ひ」でいたかが気にならないことはない。すべてをなげうって日本を出てしまった私を馬鹿な奴だと思っていたか。あるいは、その自由さを羨《うらや》ましいと思っていたか。

秋に「秋の果実」を食べると、少年時代に盗み食いしたときのさまざまな実の味と、若い頃シルクロードで眼にした葡萄や石榴の実の輝きと同時に、父が作った、親の悲しみがほんのわずか滲《にじ》んだような俳句を思い出す。

（14・11）

この作品は、一九八六年五月新潮社より刊行された『深夜特急　第二便』の後半部分です。

沢木耕太郎著
彼らの流儀
男が砂漠に見たものは。大晦日の夜、女が迷ったのは……。彼と彼女たちの「生」全体を映し出す、一瞬の輝きを感知した33の物語。

沢木耕太郎著
檀
愛人との暮しを綴って逝った「火宅の人」檀一雄。その夫人への一年余に及ぶ取材が紡ぎ出す「作家の妻」30年の愛の痛みと真実。

沢木耕太郎著
凍
講談社ノンフィクション賞受賞
「最強のクライマー」山野井が夫妻で挑んだ魔の高峰は、絶望的選択を強いた――奇跡の登山行と人間の絆を描く、圧巻の感動作。

沢木耕太郎著
流星ひとつ
28歳にして歌を捨てる決意をした歌姫・藤圭子。火酒のように澄み、烈しくも美しいその精神に肉薄した、異形のノンフィクション。

沢木耕太郎著
波の音が消えるまで
―第1部 風浪編／第2部 雷鳴編／第3部 銀河編―
漂うようにマカオにたどり着いた青年が出会ったバカラ。「その必勝法をこの手にしたい」――。著者渾身のエンターテイメント小説！

奥野修司著
魂でもいいから、そばにいて
―3・11後の霊体験を聞く―
誰にも言えなかった。でも誰かに伝えたかった――。家族を突然失った人々に起きた奇跡を丹念に拾い集めた感動のドキュメンタリー。

深《しん》夜《や》特《とっ》急《きゅう》4
—シルクロード—

新潮文庫　さ－7－54

平成 六 年四月二十五日 発行
令和 元 年七月三十日 六十刷
令和 二 年八月 一 日 新版発行
令和 六 年十一月二十五日 五 刷

著者　沢《さわ》木《き》耕《こう》太《た》郎《ろう》
発行者　佐藤隆信
発行所　株式会社 新潮社

郵便番号 一六二—八七一一
東京都新宿区矢来町七一
電話 編集部(〇三)三二六六—五四四〇
読者係(〇三)三二六六—五一一一
https://www.shinchosha.co.jp

価格はカバーに表示してあります。

乱丁・落丁本は、ご面倒ですが小社読者係宛ご送付ください。送料小社負担にてお取替えいたします。

印刷・株式会社光邦　製本・株式会社大進堂

ISBN978-4-10-123531-8 C0126